中島らも戯曲選Ⅰ

こどもの一生／ベイビーさん

中島らも

論創社

こどもの一生／ベイビーさん

中島らも戯曲選Ⅰ

こどもの一生／ベイビーさん

こどもの一生

登場人物

柿沼貞三
三友社長
ミミ・A（女子児童）
花柳嵐雪
藤堂
院長・QP
看護婦・ビリケン
山田一郎・B（女子児童）

Scene ①

『ワード・オブ・マウス』より。

ヘリコプターの爆音。

柿沼（声）社長、右下をご覧になって下さい。白い建物が一軒と灯台のある島が見えますでしょう。あれが目的地の亀島です。

社長（声）柿沼……。

柿沼 はい、社長。

社長 いま、何と言った。

柿沼　え？　ですから、右下に見えてますのが我々の行く亀島です、と……。
社長　そうではない。その前に柿沼、お前なにか言っただろう。
柿沼　は？　私、なにか申しましたですか。
社長　「社長、右下をご覧になってください」と、柿沼、お前、そう言ったんだ。
柿沼　はっ……。
社長　「ご覧になってください」というのは「命令形」だな、柿沼。
柿沼　あ……いや、社長。
社長　お前、いつからワシに指図するような大物になったんだ、ん？
柿沼　申し訳ございません。社長。
社長　柿沼……。
柿沼　は、社長。
社長　二度とワシに命令形で口をきくんじゃないぞ。え？
柿沼　はい、重々、肝に命じまして。
社長　それにしても、おもちゃみたいなちっぽけな島だな。このヘリコプターが着いたら、機体の下にかくれてしまうんじゃないか。え？　柿沼。
柿沼　はっ、社長。小さいとは申しましても、一応、直径六キロメートル、島の全周二十キロメートルはございますので……。
社長　柿沼……。

柿沼　はっ、社長。
社長　島の全周二十キロメートルはございますので……どうだというんだ。
柿沼　はっ、ですからこのヘリコプターの下に島がかくれるというようなことは、
社長　ない、と……こういうんだな。
柿沼　あ、いえ、決してわたくし、社長のお言葉に逆らおうと思ってですね……。
社長　……柿沼。
柿沼　はっ。
社長　ワシの言ったのは冗談なんだよ。な？
柿沼　はい。社長。
社長　冗談を聞いたときには、どうするんだ。え？　柿沼。
柿沼　はい。笑う……のですね？
社長　そうだ。笑うんだよ。柿沼。笑うんだよ。
柿沼　はい。は……はは……ははは、あっはっはっはっは。
社長　……柿沼……。
柿沼　はい？
社長　お前、口が臭いな。
柿沼　は……。
社長　歯槽膿漏《しそうのうろう》じゃないのか。

柿沼　は。申し訳ございません。

社長　いつまで島の上を回っているつもりだ。早く着陸せんか、柿沼。

柿沼　は、ただいま。

Scene ②

ヘリコプター爆音遠ざかる。

小学校の終業チャイムが鳴る。

夕焼けの校庭。

ランドセル姿の女子児童A、石を蹴りながら暗い表情で登場。それを追いかけて女子児童B、小走りに追いつく。B、Aの膝を後ろから突いて、カクンとさせる。

A キャッ！

B　ふふ。ミミちゃん、どしたの。ボーッとしてさあ。

A　あーっ。みどりちゃんか。もう、びっくりしたあ。

B　いっしょに帰ろうよ。

A　うん。

B　どしたの。ミミちゃん。なんか落ち込んでるみたいだよ。

A　わかる？

B　わかるよ、そりゃ。今日だって先生に当てられたのにボーッとしてるしさあ。

A　そうなんだ。ヤなんだ。あたし。

B　何がヤなのよ。言ってごらんよ。スッとするから。

A　あのさ、今度の日曜日さ。父兄参観があるじゃない。

B　うん。それがどうかしたの？

A　ウチのお父さんがどうしても来るって言うんだ。今まで来たことなんかなかったのに……。

B　それがヤなことなの？　どうしてよ。

A　だって……だってウチのお父さんって、普通の人間じゃないんだもの。

B　えっ。普通の人間じゃないって……どういうことよ。……わかったっ。お父さんがお相撲さんだとか、プロレスラーだとか、そういうことなんでしょ。

A　ううん。そんなんじゃないの。

B　じゃ、お父さんがガッツ石松。
A　ちがうわよっ。
B　白木みのる。
A　ちがうってば。
B　中島らも。
A　いやよっ、そんなの。
B　だから、どうしたのよお父さんが。
A　……みどりちゃん、誰にも言わないって約束してくれる？
B　もちろんよ。親友じゃないの、私たち。
A　ウチのお父さんってね。
B　うん。
A　ウチのお父さんってね。
B　うん。
A　ウチのお父さんってね。
B　どうしたの、早く言いなさいよ。ミミちゃんのお父さんって!?
A　……キュ……「キューピーさん」なのよお……。
B　え？　なに、それ。どういうこと？
A　わあああああっ。（泣き出す）

B　お父さんが「キューピーさん」って、どういうことよ。ちょっと、ミミちゃんってば。
（声）　♫キューピーさん、キューピーさん、どうしておててをそんなにパッとあげて、立ってるのぉ〜♫
B　ハッ。なに？　この音楽は。
A　ま……まさかお父さんが……。

キューピーさん、登場。

QP　おお、ミミちゃん。父さん、迎えにきてあげたよ。
A　あっ、お父さん。
B　やだ……嘘みたい。
QP　ん？　そちらの方は、おともだちかね。
A　うん。同じクラスのみどりちゃん。
QP　おお、そうかね。いや、ミミちゃんの父親です。ま、こんな娘だが仲良くしてやってくださいよ。一度、ウチにも遊びにいらっしゃいよ。ねえ？
B　はい。あの……でも……。
QP　ん？　どうしたね。……ん？　ああ。あっははは。私がこうやって、背中に羽根なんか生やして、まっ裸で弓矢なんか持っとるもんだから、変に思っとるんだね。や、

QP　これは仕方がないんだよ。なんせ私は「キューピーさん」なものだからね。あっはははは。

B　はあ……。

QP　おや？　どうしたんだ、ミミちゃん。浮かない顔をして。

A　あの……お父さん……実はこんどの父兄参観のことなんだけど。

QP　おお、こんどの日曜日だったな。（眉を反転させて、顔を曇らせ）実はそのことなんだが、お父さん、ひょっとすると、行けなくなるかもしれないのだよ。

A　（顔を輝かせて）えっ！　ほんとに？

QP　うむ。父さん行くつもりをしとったんだが、お前が学校から持って帰ったプリントをみたら、「ご父兄の方」でないと参加できない、と書いてあるじゃないか。

A　それがどうかしたの？

QP　うむ。「ご父兄」ということは、つまり一親等の肉親だということだろ？　父さん生まれついての「三等身」なものだから……。

A　…………。

B　…………。

QP　ん？　あはっ。冗談、冗談。安心しておくれ。父さん、たとえ空を飛んででも、こんどの父兄参観には行ってあげるからね。あっはははは。
じゃ、せっかく迎えに来たのだけれども、お友達といっしょじゃ、父さんジャマだろ

Ａ　う。父さん、弓で鳩でも撃ってくるから、おまえは寄り道せずに帰るんだぞ。
ＱＰ　はぁい。
Ａ　じゃ、後でな。あっははははは。

ＱＰ、退場。唖然と見送る二人。

Ｂ　ミミちゃん……。
Ａ　うう、みどりちゃあん！（泣いて抱きつく）
Ｂ　（それを突き放し）贅沢よ！
Ａ　え？
Ｂ　ミミちゃん、贅沢よ。
Ａ　なに言ってるの、みどりちゃん。
Ｂ　お父さんがキューピーさんだっていうくらいで悩むなんて、ミミちゃん、贅沢よ。
Ａ　え？　どういうこと？
Ｂ　うちのお父さんなんか……うちのお父さんなんか……。
Ａ　どうしたの？　みどりちゃん、お父さんがどうかしたの？
Ｂ　うちのお父さんなんか……ううっ。
Ａ　しっかりしなさいよ。みどりちゃん。あなたのお父さんがどうしたの!?

B　ううっ、うちのお父さん、「ビリケンさん」なのよおっ。
A　え、なに？　なんなの、「ビリケンさん」って……。

音楽にのって「ビリケンさん」登場。

ビリケン　よっ、みどり。いま帰りかい？
A　あ……。ね、みどりちゃん、何なの？　「ビリケンさん」って……。
B　あうっ。……よ……よく、わからないのよおっ。わあぁっ。（走り去る）
ビリケン　よっ、よっ、よっ！（踊る）
B　あ、ねぇ！　みどりちゃん待ってよ！（退場）

効果音。

医師　自分の親が何か人間以外の怪物に取って変わられてるんじゃないか、というのは、こどもが一度は必ずとりつかれる強迫観念です。彼女の場合は、たしか母親が進駐車の「オンリーさん」だったとか……。
看護婦　はい、彼女の母親は戦後、アメリカの兵隊さんのお妾さんのようなことをしていたようです。

医師　つまり、こういうことなのです。当時日本を占領していたマッカーサー元帥の進駐車は「ＧＨＱ」、その指揮下の兵員は「ＭＰさん」と呼ばれていました。彼女の中には、いつも自分の父親が日本人ではないのではないか、というオブセッションがあったわけです。で、意識の下のほうで「ＧＨＱ」と「ＭＰ」が合体して、自分の父親が「ＱＰ」なのではないか、という悪夢が成長していったわけですね。

看護婦　なるほど。しかし、彼女の意識下の問題を分析する為に、こんな恰好までする必要があったのでしょうか。

医師　ん？　いやっははは。私、けっこうこのかっこう、気にいってるんですよ。♫あ、キューピーさん、キューピーさん、どうしておてて……。

ヘリコプターの爆音。

医師　（上空を見上げて）ん？　新しい患者さんのようだな。婦長、今日の予定はどうなったかね。

看護婦　はい、新規の患者さんがたくさんいらっしゃいますよ、先生。まず、三友商事社長の三友さま、秘書室長の柿沼さま。この二人がヘリコプターでいらっしゃいます。それからフェリーのほうでは……。（医師、看護婦退場）

爆音一度大きくなった後、停止。
三友社長登場。柿沼はヘリからの風よけのために身を盾にして社長の後に従う。

Scene ③

社長　くそお、セットがむちゃくちゃだ。これだから、ヘリコプターはいやなんだ。
柿沼　申し訳ございません。社長。
社長　これが、その例の療養所の屋上になるんだな？
柿沼　はい。正式には「ＭＭＭクリニックランド」という民間施設ですが。
社長　「ＭＭＭ」というのは何の略だ。
柿沼　は。（資料をめくって）「マインド・メンディング・メソッド」つまり心理治療法といった用語でございますね。
社長　ふん、ようするに瘋癲《ふうてん》病院のことだろうが。
柿沼　と、いいますよりは、ハイソサエティ向けのサイコセラピー。それの超高級化した施設でございましょうね。実際には政治家の先生方ですとか有名人なんかが、心理療法を兼ねて骨休めに来るケースが多いようでございます。

社長　ふん。ま、海でも見てボーッとしてりゃ、たいがいのストレスなんてものはなくなって当たり前だ。島には何があるんだ。

柿沼　はい。飲料水が涌きませんので住民はおりません。島の反対側に灯台がありまして、山の中腹にかなり大きな洞窟があります。

社長　なんだ、それだけか。

柿沼　は、申し訳ございません。

社長　ばか、何もなけりゃないほどいいんじゃないか。民宿だのレジャー施設だのがゴチャゴチャあってみろ。この島を買収するのに事が面倒だろうが。

柿沼　は、おっしゃる通りで。

社長　この亀島のうえを「第二瀬戸大橋」が通るという情報は確かなんだろうな。

柿沼　はい。それはもう。田中先生を通して設計図のコピーまで入手しておりますから。まちがいなくこの島のうえに支柱が立つだけでなく、島そのものが展望台やレストランを併設したパーキングエリアになる予定でございます。

社長　問題はこの療養所だな。ま、療養所ごと買っちまってもいいんだが。とにかく下見が先だ。柿沼。

柿沼　は。

社長　我々はあくまで療養に来とるんだ。買収の下見だなんてことをここの人間に気どられるんじゃないぞ。後で足元を見られる。
柿沼　は、それはもう重々。

いつの間にか横にキューピーさんとビリケンさん立っている。

柿沼　わっ！
社長　な、なんだ。こいつらは。
柿沼　島の原住民ではないでしょうか。
社長　（キューピーをさして）気をつけろ、毒矢を持っているぞっ。
医師　（かぶりものを取って）あなた、ここは瀬戸内海ですよ。
看護婦　なんで毒矢持った現地人がいるんですか。
柿沼　なんだね、あんたたちは。
医師　や、申し遅れました。私、当ＭＭＭクリニックランドの院長、木崎でございます。
看護婦　婦長の井手でございます。
社長　柿沼……。
柿沼　は、社長。
社長　ヘリコプターを出せ。ワシは帰る。

柿沼　でも、社長。
社長　株主総会も近いのを無理して来とるんだぞ。こんなところでキューピーと遊んどるわけにはいかんのだ。
柿沼　は、わかりました。（ポケットからヘリのエンジンキーを取り出す）
医師　ん？　おや、そのキーは。
柿沼　なんだね。ヘリのエンジンキーだ。
医師　曲がってませんか。
柿沼　いやそんなことは。
医師　ちょっと、ちょっと貸してごらんなさい。（キーを手にとって、いきなり口の中に投げ入れてしまう）んむ、ごっくん。
社長&柿沼　わあっ。何をするっ！
医師　ご心配なく。私、胃は丈夫な方ですから。
柿沼　ヘリが動かせないじゃないかっ。
医師　だって我々と遊ぶのは厭だなんてつれないことをおっしゃるものだから。
看護婦　そ。この島にいらした以上は我々と遊んでいただきます。
柿沼　そんなむちゃくちゃな。

ボォーッと汽笛。

看護婦　あ、先生。フェリーが着きましたわ。

医師　（看護婦の指さす方を見ながら）ほら、これでそろいましたよ、おともだちが。

社長　おともだち？

看護婦　新しいおともだちよ。（幼児をあやすように）さ、みんなケンカなんかせずに、仲良くいっしょにお遊びしましょうね。

社長&柿沼　………!?

Scene ④

暗転。

EARTH, WIND & FIRE『ヘリテッジ』

ビートのきいた音楽。

照明が踊る。

ダンスがはじまった。

踊り終わってストップ・モーション。

一転して明るい室内。

中央でポーズのロック・シンガー・ミミ。

まわりに椅子座りの医師、看護婦、作法家元・花柳嵐雪、コンピューター技師・藤堂、三友商事社長・三友、同秘書室長・柿沼。中央のミミに拍手を送る。

医師　いやいや、さすがにプロのアーティストの動きというものはちがうね。

看護婦　テレビで拝見するより段違いの迫力ですわねえ。こんな離れ小島で天才シンガーのミミちゃんのライブが見られるなんて思わなかったわ。

藤堂　ボーカルだけじゃなくて踊りも本格的なんですね。

ミミ　ええ。小さいころからクラシックバレエとかヴァイオリンとか叩き込まれて。家がうるさかったもんだから。

花柳　ま。いいお家の出でらっしゃるのねえ。

ミミ　いいえ、そんなこと。

社長　ふん。いい家の親御さんが、娘を曲馬団に売り飛ばしたりするものか。

ミミ　まっ。何ですって！　曲馬団てなによ。曲馬団って。

社長　歌ったり踊ったりして金もらうんだから芸能界なんてのは所詮、曲馬団か角兵衛獅子みたいなもんじゃないかね。

ミミ　か……かくべえじしですって!?　もっぺんぬかしてみろ、このドロッパゲおやじ。

社長　ドロッパゲ!?

ミミ　五線譜みたいな顔しやがって。

柿沼　きみっ。社長に向かって何言うんだ。

社長　ふん、かっこうつけたはしから、そうやってお里が知れていくんだよ。芸人なんてもんは。

ミミ　このキンカンおやじ、脳みそかきまわしてやる。

つかみかかろうとするところを、医師と看護婦が押しとどめる。

医師　おっとととと。さっそくケンカかね。落ち着きなさいふたりとも。
ミミ　だって、だってこの「腐った田中康夫」が。
社長　誰が「腐った田中康夫」だっ。
看護婦　まあまあ、落ち着いて。ほら、そうやってすぐカッとなったりイライラするのがストレスのたまっている証拠なんですのよ。
ミミ　だってえ。
医師　そ。まさに婦長がいま言ったとおりなのです。ここに集まられた皆さん、それぞれ何らかの形でストレスにむしばまれている。そういう心理的うっ屈を取り払うのが、このクリニックのＭＭＭ療法なのです。
看護婦　皆さんこの島に来られた当初は、どなたもそうしてイライラしてらっしゃいますけれども、ここで二、三日もＭＭＭを続ければ、顔つきから変わってきますもの。
藤堂　そのＭＭＭというのは具体的にどういうものなんですか。
医師　ははは、ま、それはおいおいご説明するとして、どうですか。食事にしませんかな。皆さん、そうやって剣呑なのは空腹のせいもあるはずです。お互いはじめての顔ばかり

社長　ですから、ひとつ、自己紹介でもしながらメシを食おうじゃありませんか。

看護婦　おお、そいつはいいな。ここは瀬戸内の島だから、魚介類は活きの良いのがあるんだろう？

医師　もちろんですわ。それに、こんな小さな島ですけれど、島の真ん中の山でとれる山菜やキノコもおいしいんですよ。私、料理してきますわ。（医師と看護婦退場）

社長　それまでみなさん、自由にして下さい。

花柳　ほほう、そうかね。じゃ、ひとつその山海の珍味をばひとつ鍋にほうり込んでだな……。

柿沼　亀島名物「山海地獄鍋」！

ミミ　となるとやっぱり地酒にカラオケでパァーッと！

社長　あたし、おうた歌って遊びたい。

柿沼　おっ、そりゃいいな。

社長　よっ、みっちゃんの十八番だ。ママ、ママ、Lの125「釜ヶ崎人生」！

ミミ　♪たちんぼ人生、あじなもの〜。

花柳　いやぁ〜っ！　なによっそれっ！

柿沼　そうよ、いいかげんにしなさいよ。ミミちゃん泣いてるじゃないの。

花柳　じゃ、ランちゃんは何がいいのさ。

　　Mの28よ。♪こころの底までしびれるよぉなぁ〜

柿沼　♪サックスのなげきを聞こおじゃないかぁ〜

ミミ　いやぁ〜っ！　やめてえ〜っ、オシンコ臭いっ。

花柳　じゃ、ミミちゃんは何がいいのよ。

ミミ　もちろん、ジャネット・ジャクソンよ。

社長　なんだ、それは魔法ビンの会社か。

柿沼　ジャージャー言って。

社長　おう、かっちゃん、いいフォローだぞ。

柿沼　そりゃ、みっちゃんのためだものっ。

ミミ　ちがうのよおっ、ジャーじゃないのよ。

花柳　どうもこのメンバーでおうたをやる、てのはムリがあるみたいね。

ミミ　イヤァ〜〜ッ!!（絶叫）

一同　………？（シーンとなる）

ミミ　あなたたちって、どうしてそう骨のズイまで日本人なの？　わたし、それがガマンできないのよ。

柿沼　ほう、ではミミさんは具体的に言うとたとえばこの島でどういう料理が食べたいとおっしゃるんですかな。

ミミ　もちろん、ブイヤベースよ。

一同　ブイヤベース？

ミミ　地中海の小魚をふんだんに使ったブイヤベースよ。
柿沼　あの、ここは地中海じゃなくて瀬戸内海なんだけどねえ。
ミミ　それよ、ここが日本だってことにわたしはガマンできないのよ。私の精神世界のベースになっているのはニューヨークなのよ。ニューヨークのあの雑踏。ナイフの切っ先で踊っているようなあの街の緊張感。それがうみだす音楽……。なのにここはなによ。どこを見回してもベッタリ日本じゃないの。
社長　あたりまえじゃないか。日本なんだから。
ミミ　例えば、鰻谷だの六本木だの歩いていてもそうよ。素敵なブティックだのイタリアンレストランだのが、けっこうイイ線で並んでて、一瞬、「あ、ここは日本じゃないみたい」って思うときがたしかにあるわ。お尻のキュッとあがった黒人なんかも歩いてたりするのよ。でもそれで油断しちゃ絶対にダメなのよ。
花柳　どうしてなの？
ミミ　油断してうかつに目をやると
柿沼　「民芸酒場北の宿」
ミミ　ああっ、しょうゆ臭いっ！
社長　「おふくろの味、八戸」
ミミ　ああっ、ミソ臭いっ！
花柳　「歌えるパブ、カラオケ貴族」

ミミ　ああっ、スルメ臭いっ！
藤堂　「三人麻雀ジャントピア」
ミミ　ああっ、ヤキソバ臭いっ！
柿沼　「お座敷スナック、薩摩藩」
ミミ　ああっ、サツマ揚げ臭いっ！
社長　「出玉開放、オリンピア」
ミミ　ああっ、パチンコ臭いっ！
一同　「出前迅速、来々軒」
ミミ　ああっ、ギョーザ臭いっ！
……どうしてなのよっ。どうして油断すると日本に不意打ちされるのよおっ。もう、だいっきらい。日本臭いのって。
藤堂　そんなわがままいわれてもなあ……
ミミ　このあたりだってそうよ。ここを地中海だと思い込めば、いいセンまでいけることはいけるのよ。例えば、この近くの島にアズキ島ってのがあるじゃない。
柿沼　あれは小豆島《しょうどしま》。
ミミ　知らないわよっ。日本の地名なんて。
藤堂　その小豆島がどうかしましたか？
ミミ　あそこは島一面オリーブ畑じゃない。

花柳　そうね。「エーゲ海に一番近い島」ってのが売りよね。
ミミ　あそこのオリーブ以外の名産って何だか知ってる？
花柳　さあ……。
ミミ　しょうゆ豆なのよ。エーゲ海なのに、どうして、しょうゆ豆なのよ。
藤堂　ミミちゃんの場合、精神世界のベースはニューヨークなのに、なぜかまわりはヌカ味噌くさい、ということがストレスの外傷になっているようですな。
ミミ　この日本くささが、私のアーティストとしてのスピリッツを凝縮しているのよ。
柿沼　凝縮？　それひょっとして抑圧の間違いでは。
ミミ　知らないわよ、そんなこと。どうだっていいのよ。日本語の読み方なんて。とにかく、私のストレスの原因になっているのは日本そのものよ。ほかに格闘するものはないわ。
藤堂　格闘？　それはひょっとして該当と読むのではないですか？
社長　柿沼、聞いたか。日本が格闘するやと。ほななにか、房総半島が紀伊半島に、チキンウイングフェイスロックをこうやってかけたりするのか。

柿沼にフェイスロックをかける。

柿沼　社長、放してください。首が〜。
社長　柿沼、「放してください!?」お前、またわしに命令形をつこうたな。そんなやつはこうだ。どーん。

舞台上手に柿沼を押し出して、柿沼を追いかける。

花柳　でも、それだけ日本嫌いだとこまったものね。たとえば、食後のお茶なんかも、番茶じゃあ。
ミミ　あー、やめてよ。番茶なんて。あー、番茶ください。
花柳　じゃあ、どう言えばいいの？
ミミ　もちろん、ティー　オア　カフィー？
花柳　ティー　オア　カフィー？
ミミ　イエス。アイ　アム　カフィー。
社長　はっはっはっ、またまた聞いたか、柿沼。

柿沼にヘッドロックをしながら社長現れる。

社長　イエス。アイ　アム　カフィー。私はコーヒーです。あの女は存在自体がコーヒーなんやと。はよ、あの女の所に行って、メロディアン・ミニかけたれや。
ミミ　なによ、あんたたち人を馬鹿にして。

社長　それは馬鹿にもするわな。日本語だけじゃなくて、英語も知らんのやから。なにが精神世界だ。ニューヨークだ。抑圧？　格闘？

ミミ　なによ。（観客席に向かって）この中にだって、一瞬ギクっとした人間が何人かいたはずよ。

社長、柿沼にプロレス技をしかける。

社長　おい、柿沼どうしたんや。手がプランプランしとるよ。あほんだれ。なにもそこまで我慢することないんじゃあ。

柿沼　社長〜。

社長　もう一本の手がのこっとる。

柿沼に腕折りをかけて、再び舞台上手に突き飛ばし、追いかける。

花柳　でも、私あなたの言うことわかるような気がするわ。私もそういうことよくあります。

ミミ　そうでしょう。日常ちゃめしどきよね。

社長　（舞台奥から声）柿沼、またまたまた聞いたか。日常茶飯事を日常ちゃめしどきやと。この辺は峠の茶屋かなんかかのう。

藤堂　しかし、お行儀作法の家元である、花柳先生がこの大道芸かぶれのミミさんと同じ考えというのは、奇妙ですね。

花柳　私もね。母方の方が家元をしておりましたもので、小さい頃からお茶にお華に書道に、はては武道までしこまれて、そういう意味ではミミちゃんとは逆の立場ですけど、あれも退屈な世界ですのよ。

藤堂　わかります、なんとなく。

花柳　でしょう。こうやって、とうとうお作法の家元にまでなってしまいましたが、考えれば考えるほど、わけのわからない世界。私、ときどきこの日本という国にいるのが、いやになりますの。

ミミ　それって、わかるわ。私も。

花柳　ほんとうに？　あなた心底わかってらっしゃる？

ミミ　そう突き詰めて言われると……。

花柳　でしょうねえ。ちゃめしどきではね。

ミミ　なんですって〜。

花柳　じゃあ、たとえばよ。四畳半の和室に入り、そろりそろりと歩むそのときに、畳の縁は決して踏んではならない、というお作法がありますわよね。

藤堂　そうなんですか。

花柳　そうなのよ。この畳の縁は決して踏んではなりません。

ミミ　でも、どうして？
花柳　知りたい？
藤堂　はい、ぜひ。
花柳　それはねえ。
藤堂&ミミ　ええ。
花柳　それがお作法だからです。というのは、変かしら。
ミミ　変よ〜。なんか理由があるならわかるけど。
花柳　理由はちゃんとあります。
藤堂　どういった理由なんです？
花柳　たとえばですよ。昔の武士が座敷に入る。するといつ何時この床下に敵の放った刺客が潜んでいるかわからない。畳の縁を踏むということは、畳と畳の間から突き上げてくる刀に刺さる危険がある、ということなの。だから、畳の縁を踏んではならないの。
ミミ　なるほど。作法というのは、それなりの理由があるものですね。
藤堂　聞いてみるもんですねー。
花柳　でもね、あなたがた。今日日《きょうび》の世相で、なかなかありませんよ。床下に潜んでいる刺客って。
ミミ　そういえば、そうですね。
花柳　私がこうやって和室でお茶を飲んでいる。すると、天井から埃がパラパラ。思わず、

（お茶碗を）投げて、槍をむんずと掴み、天井の一角を目がけてやあ、（と刺す）。

柿沼、上手から走ってきて刺される。

花柳　突き通した槍の先をつたって血がドバドバ。おのれ曲者。いずかたの手のものじゃあ！

柿沼　関西電気保安協会のものです。電気の配線が……（倒れる）

花柳　てなことが、ありますか。（一同首を振って）でしょう。結局、私が教えているお作法なんてものは、日本の今までの遠い影みたいなもの。なんの根拠もないんだから。この亡霊みたいなものに足を捕らわれて、私は日本が疎ましいんだわ。

社長　くだらん！

一同　え？

社長　実にくだらん。さっきから黙って話を聞いとったら、

藤堂　あなた、全然黙ってなかったじゃないか。

社長　なにをふぬけたことをゴチャゴチャ並べたてとるんだ。やれ日本がいやだのコンピューターがいやだの。そんなものは結局あんたらのわがままだよ。

一同　わがまま？

社長　そうだ。食らうものがあり着る服があり住む家があり、満ち足りておればこそ出てく

るわがままだ。

花柳　そりゃ、そう言われてしまえばそうかもしれないけど。

社長　いや、ぜっ〜〜たいにそうだ。わがままだ。そう思わんか。柿沼。

柿沼　(息もたえだえになりつつ) おっしゃるとおりでございます。

社長　たとえば、この柿沼を見たまえ。こいつは二十年来ワシの秘書室長をしとるが、二十年間、ワシが白だといえば白、黒だといえば黒。さからったことなど一度もありゃせん。そうだな、柿沼。

柿沼　さからったこと、ございませえん。

社長　だがな、こいつにだって、生意気にも「自我」というものはあるのだぞ。そうだな。柿沼。

柿沼　はい?

社長　お前にもあるな、自我が。

柿沼　は、(指をちょっとひろげ) このくらいですが。

社長　そうだろう。しかしこの柿沼は、私につかえる以上はその自我というものをすべて放り投げて仕えねばならん。そうせんと柿沼は路頭に迷うことになるからだ。世の中というのはそういうもんだ。長い物には巻かれ、胃に穴のあきそうないやな思いをして、それで初めて金がもらえるんじゃないか。それに比べれば、君らのたたいてるごたくなんぞはただのこどもの寝言に過ぎん。

藤堂　こどもの寝言ってのはお言葉だな。

ミミ　そうよ、えっらそうに。

社長　まあ、黙ってワシの話を聞かんか。いいかね。この柿沼はそりゃあんたらに比べれば何十倍ものストレスをかかえてそれをぐっと踏んばって耐えとる。しかし、ワシにいわせりゃこの柿沼の苦労なんてのは、ワシが一代で今の会社を築きあげてきた苦労に比べれば、苦労のうちにははいらんのだ。

あれは昭和二十六年の春のことだった。当時の地を這うばかりの不景気のどん底、八人兄弟の長男であった私は中学を出るか出ないかの育ち盛りの身でありながら集団就職で雪の越後を後にしたのだ。

一同うんざりし始める。柿沼、起きあがって社長にすり寄り。

柿沼　皆さんっ、この社長のお話は聞いといた方がよろしいですよっ。私、何百回拝聴しましても涙なくして聞き終えたことは一度としてございません。

ミミ　これって、長いの？

柿沼　いや、これがもしダイジェスト・バージョンの方であれば、五時間ほどですむはずですが。

ミミ　五時間？　冗談じゃないわよ。

社長　春とはいえど、越後は一面の雪景色。ホームで母親とまだ小さな妹が、ちぎれるように手を振っているではないか。〝長作や、東京はこわいとこだから気をつけて、上の人の言うことをすぐ聞いてしっかり働くんだよ。生水飲むんじゃないよ。お前は昔っから腸が弱いんだからね〟。汽車の窓越しに、母親が渡してくれた新聞紙の包みには、細いやせたサツマイモが二本きり。しかし新聞紙を通して伝わってくるこの二本の焼きイモのあったかさを、しっかりと胸に抱きしめたとき、ワシは天に向かって誓ったのだ。〝神さま。ワシは一人前の男になって故郷に錦をかざるまでは、何があってもこの越後には、ぜっ～～〟

社長がタメをきかせているのを無視してみんなしゃべり出す。

Scene ⑤

ゴンッ、ゴンッ、ゴンッ、と何かを殴る音、闇の中で断続的に。下手より懐中電灯を持った看護婦、見まわりにくる。

看護婦　何の音かしら。誰か食堂にいるんですか？　もうそろそろ消灯の時間ですよ？

懐中電灯で照らす。柿沼が椅子にすわって、自分の頭を木槌で断続的に殴っている。

柿沼　（ゴン）痛いっ！（ゴン）痛いっ！（ゴン）痛いっ！

看護婦　ま、柿沼さん、あなた何なすってるの。

柿沼　ああ、婦長さんですか。

看護婦　〝婦長さんですか〟じゃないでしょ。いったい、何なすってんですかっ。

柿沼　なにって……木槌で自分の頭を殴ってんですよ。

看護婦　だって、痛いでしょ、そんなことして。

柿沼　ああ、とっても痛いですよ。（ゴン）あっ、つつつ。（ゴン）痛いっ。

看護婦　ちょっと、およしなさいよ。どうしてそんなことするんですか。

柿沼　どうしてって。ほら、こうすると、（ゴン）あっつつつ、（ゴン）あっつつつ。痛いでしょ。ところが、これをこうして（ピタッと手を止め）二分間だけ殴るのを止めるわけです。そうすると……。

看護婦　そうすると？

柿沼　痛くないので、とっても気持ちがいい。

看護婦　え？

柿沼　これ、私の日課でしてね。寝る前に一時間、こうやって頭を殴るんですよ。八分間殴るの止めます。そうすると、十分間つき二分、一時間のうちに六回も、とっても幸せな気持ちになれるわけですね。殴るのを止めてそのままベッドにはいると、とっても幸せな気持ちのまま眠れるわけです。

看護婦　だって、そんな痛い思いしてまで。

柿沼　いや、こうでもしないと、私には幸せも不幸せも、ありゃしませんからね。

看護婦　ずいぶん変わった考え方ですわね。
柿沼　そうですか？　おかげさまで私、頭突きだけは人一倍自信がつきましたけどね。
看護婦　でも、体に良くありませんわよ。
柿沼　体に悪くても、精神的にはいいでしょう。なんせ、私、いつもあの三友社長とベッタリいっしょなんだから……。
看護婦　腕、大丈夫ですの？
柿沼　ああ、あんなのは毎日のことですから。私、骨法の道場通ってますから、たとえ関節はずれても自分ではめられます。
看護婦　じゃ、ほんとはずいぶん強いのね。
柿沼　はは、社長のボディガードも兼ねてますからね。少林寺拳法でしょ、骨法でしょ、起倒流柔術に合気道に極真空手に。格闘技の段位全部合わせると二十段くらいになりますかねえ。
看護婦　そんなに強いのに、じっと我慢して社長のワガママ聞いていらっしゃるのね。
柿沼　なに、腕っぷしなんかいくら強くたって……。んなものでたちうちできない力の方が世の中占めてますからね。
看護婦　大人なのねえ。
柿沼　あの社長の下で二十年仕えてりゃね。こどもじゃいられませんよ。あの人自体がこどもでいられるのは金の力があるからですけどね。私にはないから。金のない人間は大人になるしか仕方ないじゃありませんか。

看護婦　ほほ。おもしろい考え方。

柿沼　婦長さんは、もう、ここ長いんですか。

看護婦　そうねえ。このクリニック自体、そう古くはないから。この島に来て八年くらいかしら。

柿沼　気になってたんだけど、ここには院長と婦長さんのほかには誰もいないのですかな。

看護婦　ええ、週に一度、近くの島の主婦がパートで来てくれますけど。それ以外は私と院長だけで。

柿沼　こんな離れ小島に二人だけじゃ、入院客のいないときは淋しいでしょう。

強烈な光が突然二人を照らし、一瞬後に去っていく。

柿沼　わっ、何ですか、今の光は。

看護婦　ああ。灯台の光ですわ。

柿沼　ああ、そういえば島の反対側に灯台があったんだ。あの灯台には誰か常駐してるんですか。

看護婦　ええ……まあ、そういう役目の人はいるんでしょうけれど。柿沼さん、明日、もう一度院長から説明があると思いますけれど、この島にいる間は、あの灯台の方と、中央の山の洞窟には絶対に近寄らないでくださいね。

柿沼 それはどうしてです。

看護婦 洞窟は単に危険だからです。灯台の方は、どういったらいいのかしら。つまり私たちは誠心誠意あなたがたのケアにつとめるのが仕事ですけれど、灯台の人にはその人なりの別の仕事があるわけですから。わかるでしょ？

柿沼 はあ……。

看護婦 島の人間って、変わり者が多いのよ。そんなことで不愉快な思いをなすっても損でしょ。ね？

柿沼 は……。

看護婦 さ、もう消灯時間ですから、お部屋の方へご案内しますわ。

二人上手へ去る。そこへまた灯台の光がめぐってくる。やや赤みがかかって不気味な光。ボォーッと汽笛の淋しい響き。

Scene ⑥

朝の光。

鳥のさえずり。

ジャージ姿の院長と看護婦。ピッピッと笛を鳴らしながら駆け足で上手より。

医師 はいっ、いっち、にいっ、いっち、にいっ。何してんですかあっ。みんな恥ずかしがらないで、こっち来て整列してくださいよお〜。

ランドセルをしょった小学生姿のミミ、花柳、藤堂元気よく足なみそろえて上手より。

医師　はい。では出欠とりますよ。藤堂くん。
藤堂　はいっ。
医師　ミミちゃん。
ミミ　はいっ。
医師　ランちゃん。
花柳　はいっ。
医師　ん？　柿沼くんに三友くんはまだかね。
看護婦　はあ、それがその。
医師　どうしたね。
看護婦　三友社長が、ぐずって、なかなかこどもの服に着替えないんですの。
医師　そうか、そりゃ困ったなあ。

言っているところへ、柿沼に手を引っ張られて、ランドセル、半ズボン姿の社長、上手より。

社長　こらっ、柿沼、やめろ、手を離さんか。
柿沼　まあまあ、社長、これがここのルールなんだそうですから。
社長　黙れ。ワシゃそんなことは聞いとらんぞ。お前、ワシにこんなかっこうさせて、ただ

医師　ですむと思っとるのか。
社長　やぁ、おはよう、三友くん、柿沼くん。やっとこれで全員そろったようだな。
医師　おい、院長！　これはどういうことだ。説明しろ。
社長　おやおや。どうやら三友くんは、何の予備知識も持たずにこのＭＭＭクリニックランドへ来てしまったようだね。
医師　なんのことだっ。
社長　まあまあ。いま、ご説明申し上げますから。皆さん、そうやってこどもの姿にかえっていただいてますが、姿だけではなく、精神的にもこどもにかえっていただく。これが「マインド・メンディング・メソッド」つまりＭＭＭ療法の基本なのです。
ミミ　冗談も休み休み言えっ。あんた、この三友をバカにしとるのか。
社長　三友くん、ビビンチョー！
一同　こらっ、何をする。
藤堂　三友くん、ビビンチョー！　♪ビビンチョカンチョ、カンチョもって走れ、ワーイワーイ。
社長　三友くん、カンチョッ！（指をつきたてて社長にカンチョーする）
花柳　うっ！……あ……。き、きさまっ、告訴してやるぞっ。
社長　三友くん、電気アンマッ！（カクカクッと電気アンマをする）
　　　あっ、あっ、あっ、やめんかっ、こら。

柿沼　三友くん、ゾウキーンッ（社長の腕をしぼりあげる）

社長　わいたたたっ。こらっ、柿沼、何をするっ。

柿沼　はっ！　しゃ、社長、申し訳ございません。つい我を忘れて。

医師　これこれ、みんな、静かにしなさいっ。ははは。三友くん以外はみんな説明しなくてもすっかり要領を呑み込んでしまったようだね。

一同　はぁ〜い。

社長　いったい何なんだ、このキチガイ沙汰はっ。

医師　こうして、心身ともにこどもに返る。これがMMM療法の大きな特徴なのです。従来のサイコセラピィではこの部分がかけていたのです。たとえばマインドトレーニングの一つとして、お互いに思いっきり悪口を言い合うというような療法が、過去にもてはやされたことがある。ためしにひとつやってみましょう。ミミちゃん、こっちへ。三友社長、こちらへ。さ、お互いに、精神にセーブをかけず、思いっきり相手に対して思っていることを言ってみてください。

社長　ん？　そんなこと、ほんとに言っていいのかね。

ミミ　わたくし、そんなのってやはり困ります。

医師　いいえ、これも有効な療法なのですから、どうぞお互い、タブーを自らの中から解き放って、相手に対して感じたそのままをおっしゃってください。

ミミ　でも、ほんとにいいのかしら。

医師　ええ、いいんですよ。じゃ、ミミちゃんからどうぞ。
ミミ　(社長にむかって)こ……こ……この……バーコードっ！
社長　なにをぬかす、このツチノコブスッ！

ミミ、いきなりランドセルからマグナム44を取り出し、社長を撃つ。
社長、ぶっとんで倒れる。

柿沼　わっ！　き、きみ、社長に何をするんだっ！
医師　ご安心ください。空砲ですよ、空砲。
ミミ　……えっ!?　空砲なの、これ？　いやだ、さっき渡されたとき、てっきりほんものだと思ったのにぃ。早く言ってくれてりゃ射ったりしなかったのにぃ。
社長　どういうことだ、それは。
医師　我々サイコセラピストは、フロイト以来、もはや一世紀に渡って人間のストレスの仕組みとか、そういうことを研究しておるわけです。近代人はなぜこうもストレスをかぶるのか、その結果として胃に穴をあけ、円形脱毛症、過敏性大腸、うつ病などの病害をこうむらねばならないのか。婦長なぜだね？
婦長　それは我々が近代社会の中で、「社会的存在」として生きているからですわ。
医師　そう、その通りだ。

婦長　我々は「社会的存在」であるために、たとえば憎い相手を殴りたい、というような原始的、本能的欲望につき動かされても、これを行動に移すことができないんです。社会的存在であり続けようとする以上はね。社会的存在とは何か。これはつまり平たく言うと、

医師　「大人」のことです。

婦長　そう。「大人」のことです。社会的存在である大人は、衝動に駆られたからといって、人をポカポカ殴ったりはしません。それはこどものすることなのです。

社長　何を言うか。ワシは大人だが、殴りたいときには人を殴るぞ。柿沼、ちょっと殴らせろ。

柿沼　はい、社長。（頬を出す。社長が殴ろうとすると）

医師　三友くんっ、暴力はいけませんっ！

社長、ビクッとして手をとめる。柿沼、ホッとする。

柿沼　へっへっへ。

社長　こ……こいつぅ……。

医師　というように、現代ではこどもの社会にも早くから大人のルールが持ち込まれ、さながらこどもの社会は大人の社会のミニチュアであるかのように管理されています。殴

りたくても殴れない。我々はこどもの頃から大人化へのシュミレイションの中に投入され、ずいぶん小さい頃から大人と同質のストレスを蓄積されていくわけです。そのために我々の人格にはさまざまなひずみが生じます。ＭＭＭ療法では、もういちどこども時代に返ることによって、こうした大人による管理のないこども時代を追体験していただく。それによって長年のストレスによる歪みを矯正していこう、というわけですな。

社長　ん？　と、いうことは……。

看護婦　そう。ここには、「三友くん、暴力はいけませんっ！」と叱るような人間は存在しないのです。

柿沼　えーっ？

社長　（指をポキポキして）ふっふっふっふ。かぁ〜きぃ〜ぬぅ〜まぁ〜。

柿沼　しゃ、社長、お許しを……。

医師　叱る人間もいない。そのかわりにここには社長もいなければ社員もいないのですよ。それをお忘れなく。

社長　うっ。

医師　ここには、ルールというものは三つしかありません。

社長　なんだ、そのルールというのは。

看護婦　ひとつは、大人時代の力関係などをいっさい忘れて、お互いが対等な十歳のこどもになること。ふたつめには、島の中央の洞窟へは近よらない、ということ。三つ目は、灯台の方には行かない、ということです。

花柳　それだけなの。

医師　それだけです。ただ、こども同士のアナーキーな関係から出発しても、あなたたちの中には、そのうちに自発的なルールというものが形成されてくるはずだ。それはかつてのように、親や教師から押しつけられたものではなく、あなたがた自身が考え出したルールです。しかし、それが結果的にこの社会の既存の基本ルールに驚くほど似ているということは、ＭＭＭ療法の過去のカルテが例外なく示しています。つまり、あなたがたは、ＭＭＭ療法を体験することによって、強制によってではなく自発的に、真の社会的存在にたちもどることができるのです。精神的にこどもから真の大人へと成長できるわけです。わかりますか？

一同　（社長以外）　むずかしくってわかんなあい。

医師　そうそう、それでいいんですよ。

社長　しかし、急にこどもになれと言われても、そんなことは不可能だ。

医師　いいえ。可能です。まず、この錠剤を飲んで下さい。柿沼さんも。

看護婦　ほかの人達はもう飲んだのよ。ねえ。

一同　（こっくりうなずく）

社長　これは何のクスリだ。

医師　これは、もともとは米軍が開発して、尋問などに使っていた自白剤の一種です。
社長　自白剤？　そんな物騒なものが飲めるか。
看護婦　ご心配なく。その成分の中から、識域を低下させる成分だけを微量抽出してあります。
柿沼　というのはどういう？
看護婦　暗示にかかりやすくするわけです。
医師　私があなたがたがこどもに返るようごく簡単な暗示をかけますのでね。
社長　催眠術か。けっ、くだらん。ワシは昔から精神力の強さだけをたよりにして成功してきた人間だ。自白剤だかなんだか知らんが、こんなクスリぐらいで（錠剤を飲む。それを見て柿沼も慌てて飲み下す）暗示にかかってたまるか。
医師　（小声で）う～ん。そうだな。バカとキチガイにはかからないと。
看護婦　昔からそう言いますものねえ。
社長　ん？　なに？　なんだと？
医師　いや、催眠術というのは、ある程度の知能と感受性がないとかからないものなんですよ。
看護婦　ですから昔から、「バカとキチガイには暗示はかからない」と言われてますのよ。
社長　そうなのか。……はは……ものはためしだ。院長、ひとつワシにもやってみたまえ。
医師　そうですか。むだかもしれんが、ま、やってみますか。さ、この指先をよく見て……。
（社長の目の前で指をパチンとはじき）社長はこども！

社長　……ゆ……ゆ……ゆう～たんねん、ゆうたんねん～、せぇ～んせいにぃ、ゆうたんねん～。

医師　おおっ！

社長　ゆ～うたんねん、ゆうたんねん～。

医師　こんなわざとらしいこどもは。

看護婦　はじめてですわね。

社長　（呆れて見ている柿沼の頭をはたき）柿沼っ……くんっ！

柿沼　は……はいっ。ゆ～うたんねん、ゆうたんね～ん。

呆れてながめる一同を前に、踊る二人。

Scene ⑦

一同、食卓を前に食事している。

藤堂　さて、どれから……。

花柳　あーっ、先生。藤堂くんたら、迷い箸してますっ。いけないのにいっ。

看護婦　ランちゃん？

花柳　はい、先生。

看護婦　まず、第一にね。私は先生じゃないの。先生ってのはこどもを叱ったり教えたりするものでしょ？

花柳　えーっ？　じゃ、先生は。

看護婦　コホン。

花柳　あの……おねえさんは何なの？

看護婦　そうねえ。あなたたちのおともだちっていっても、ちょっと年くってるから……。そうね、何でもない、ただの「イデちゃん」でいいわ。
花柳　イデちゃん？
看護婦　そ。イデちゃん。
花柳　じゃ、イデちゃん？
看護婦　なあに？
花柳　藤堂くんが、お行儀の悪い食べ方してますうっ。それにさっきから見てたら、迷い箸以外にも「突き箸」「ねぶり箸」「渡し箸」「ひきよせ箸」、お行儀わるいと思いまぁす。
藤堂　あーっ、こいつ、告げ口ばっかりしやがって。
看護婦　藤堂くん？
藤堂　はあい、すみませえん。
看護婦　なにあやまってるの？
藤堂　え？
看護婦　いいのよ、どんな食べ方しようと。ねぶり箸しようと突き箸しようと、自分が好きだと思う食べ方で食べたらいいのよ。
藤堂　えっ!?　じゃ、イデちゃん。たとえばさ、こんな……こんな……（とんでもない食べ方をする）こぉんな食べ方してもいいのかよぉ。
看護婦　（ニコニコして）いいのよ。好きにして。

藤堂　わぁいわぁい。ざまぁみろっ、ランちゃんが告げ口なんかするからだよぉ～だっ！
花柳　だ……だって……。
看護婦　ランちゃん？
花柳　ひっ。
看護婦　（ニコニコして）いいのよ、告げ口しても……。
花柳　えっ、ほんとにいっ？
看護婦　もちろんよ。好きにしていいのよ。
ミミ　じゃ……じゃ、イデちゃん。
看護婦　なあに？　ミミちゃん。
ミミ　ミミ、このお料理、のこしてもいい？
看護婦　いいわよ、もちろん。でも、どうして？　ミミちゃんがブイヤベースでなきゃいや
だっていうから、ほかの子はみんな「山海地獄鍋」なのに、ミミちゃんにだけイデ
ちゃん、ブイヤベース作ってあげたのよ？
ミミ　ごめんね、イデちゃん。ミミ、この中に入ってるキノコがいやなの。
看護婦　あら、それはこの島にだけとれる、とってもおいしいキノコなのに。
ミミ　だって、いっぱい入ってるんですもの。
藤堂　あーっ、ミミちゃん、いけないのにい、好き嫌い言っちゃ。
看護婦　いいのよ、ミミちゃん。好き嫌い言っても。でもね、後でおなか減るといけないから、

ミミ　味がいやじゃないんなら食べられるだけ食べとけば？
社長　はあぃ。（キノコを食べる）
柿沼　ふんっ。こんなうまいものを上品ぶりやがって。おい、柿沼っ。
社長　はい？
柿沼　お前の「山海地獄鍋」、こっちへよこせ。
社長　はあ……しかし、
柿沼　何だ、ワシの言うことが聞けんのか。
社長　いえ、そんなことは。ただ、あまり召し上がりますと、また糖が降りますですよ？
柿沼　なにおっ？　わしゃ、こどもだぞっ!?　こどもが糖の心配してどおすんだよ。えっ？
社長　いいから、寄こせっ。
柿沼　はい、社長。
一同　あーっ、ルール破りだっ。
社長　ん？　な、何だ、どしたんだ。
看護婦　三友くん？　困りましたね。ルールの一を思い出してちょうだい？　なんだったたっけ、
柿沼　ルールの一は。
（うれしそうに）大人時代の力関係はいっさい忘れて、みんな対等の十歳のこどもになること。でぇっす！
看護婦　そ、その通りね。なのに「柿沼」だとか「社長」はないでしょ？　イデちゃん、怒る

柿沼　わよ？
社長　わ、ごめんなさいっ、イデちゃん、三友ちゃんをいじめないで？
看護婦　ミツトモちゃんだと？
社長　三友ちゃんが、ちゃんと第一のルールを守るならね。
看護婦　わかったよ……イデちゃん。守るよ。
社長　じゃ、柿沼くんのこと、どうよぶの？
看護婦　うーん……。か……「かっちゃん」。
柿沼　柿沼くんは？　三友くんのことをどう呼ぶの？
看護婦　そりゃ、もう、「みっちゃん」。
柿沼　いいわね。
社長　♪みっちゃんミチミイチうんこしてえ〜。
看護婦　なにおっ？
藤堂　さ、みんな、お昼ご飯がすんだら、何して遊ぼうか。
看護婦　コンピューター・ゲームッ！
　　　　じゃあ、藤堂くんと一緒にコンピューター・ゲームをする人？　だれもいないようだ
　　　　けど、どうする？
藤堂　一人でもやるもん。
社長　けっ、協調性のないガキだ。

看護婦　いいのよ、藤堂くん。協調性なんかなくっても。むりに社会性つけなくっても、一人で遊ぶのが好きなら一人で遊んでればいいのよ？

藤堂　うわぁいっ。ドラクエ・9やってこよっと！

看護婦　隣の部屋にパソコンがあるから案内してあげるわ。（退場）

社長　ふっふ。それではもう残された遊びはあれしかないな。
花柳　いやよ、お医者さんごっこなんて。
社長　誰がお医者さんごっこをするといった。
花柳　え、ちがうの？
社長　うーんと、それもいいなあ。
ミミ　あんた、何がしたいのよ。
社長　こどもの遊びといえばチャンバラ。これしかないっ。
花柳　えーっ!?　チャンバラぁ……い、いやだぁ、そんなのお〜っ。
柿沼　いや、ま、ランちゃんもミミちゃんも、気持ちはわかるんだけどさ、みっちゃんがあ

Scene ⑧

ミミ　あ言ってることだしさ、ここはひとつ、みっちゃんの顔立ててあげてさ。♪ほれ、根回し根回し（〝根回し踊り〟を踊る）

花柳　でも、お姫さまの役じゃなきゃいやよ、あたし。

柿沼　あたしも〜。

ミミ　わかったよ。じゃ、ミミちゃんとランちゃんは、悪代官のお屋敷にとらわれてるお姫さまだ。

柿沼　悪代官は誰なのお？

社長　あ……悪代官は……（社長を見る）

柿沼　コホン（咳払い）

花柳　悪代官はもちろんぼくだよ。

柿沼　えー？　かっちゃん悪代官なのお？

ミミ　そうさ。きれいなお姫さまのミミちゃんとランちゃんを柱にしばりつけて、ものさしでスカートめくったり、分度器でパンツの角度はかったりするんだ。

社長　ええーっ、いやらしいっ。

柿沼　コホン、コホン（しきりに自分を指さしている）

ミミ＆花柳　あ、悪代官の役はみっちゃんがしてくれるんだって。

柿沼　えーっ、そんなのいやあっ！

でも、しようがないよ、もう決まっちゃったんだからさあ。

ブキミな音楽。

社長　ぬふっ、ぬふふふふふっ（手にものさしと分度器を持っている）

ミミ　いやーっ、やめてえっ。

花柳　こないでえっ。

社長　ぬふっ、ぬふふふふふっ。

「桃太郎侍」のテーマミュージック。

頭巾姿の柿沼、腰に大小をはさんで登場。

柿沼　ひとぉ〜つ、ひとの世の。

社長　な、なにものだ、お前は。

花柳　「かっちゃん頭巾」がんばってえ〜!?

社長　か……かっちゃん頭巾!?

柿沼　ええい、問答無用。

ズバッ、切り捨てる。

ミミ　やったあ〜っ。
柿沼　ふふっ、愚かな奴。ものさしと分度器で、この妖刀村正に勝てると思うたか。
花柳　そうよそうよ……バーカ〜ッ
社長　ちょ、ちょっと、タイムッ！
一同　タイム？
社長　みんな、ぼくは思うんだけどさっ。こんなのってちょっと「こどもらしくない」と思うんだよな。
一同　こどもらしくない？
社長　そうだよ。これじゃ、テレビの番組みてるのと同じでさ、理路整然とし過ぎてるんだよ。
ミミ　いいじゃない、理路整然で。
社長　それが〝こどもらしくない〟んだよな。こどもってのはさ、もっと何ていうかなあ……。
花柳　何なのよお。
社長　「ごつごう主義」なんだよ。
一同　「ごつこう主義」？
社長　そ。ご都合主義。たとえば、いまのでもさ、やり直してみようか？

ふたたびものさしと分度器を持って迫っていく。

ミミ　いやあっ、やめてえっ。

花柳　こないでえっ。

社長　ぬふっ、ぬふふふふふっ。

テーマミュージック。

頭巾姿の柿沼。腰に大小をはさんで登場。

柿沼　ひとお〜つ、人の世の。

社長　な、なにものだ、お前は。

ミミ&花柳　「かっちゃん頭巾」がんばってえ〜!?

社長　か、「かっちゃん頭巾」？

柿沼　ええい、問答無用（切りかかる）

カンッカンッ、それをものさしと分度器で受け、相手の武器をなげとばす。カラン、カランと武器落ちる。

社長　わっはははは。

柿沼　な……なぜ、ものさしと分度器などに……。

社長　ふっふふふ。先刻、おぬしが家を出る前に、竹光とすりかえておいたのだっ。

柿沼　し……しまったっ。

社長　はっはははは（じりじりと詰め寄っていき、先ほどの竹光を拾うと、切りつける）

ズバッ、ズバッ！

社長　あっはははは、バカめっ！　さっき竹光だと言ったのはまっ赤な嘘だあっ。

柿沼　し……しまったっ。しかし……さっきあのものさしと分度器で刃《やいば》を受け止めたではないか。

社長　あっははは。それはあれが「硬いものさしと分度器」だったからだ。

柿沼　しまった。そうだったのか。

社長　とどめをさしてやる、死ねいっ。

柿沼　あっ、こんなところにさっきのピストルが……。

社長　あ……しまった……。

柿沼　ふっふっふっふっ、いくらほんものの刀でも、このピストルには勝てまい。

社長　ん？　ん？　ん？　うわぁっはっはっはっはっ。
柿沼　どうした、何がおかしい。
社長　そのマグナムに入っているのは、空砲だ。忘れたかっ。
柿沼　なにっ!?（パンパンパンと五発撃つ）ちくしょうっ。（ピストルを投げる）
社長　（そのピストルをひろって）わあっはっはっはっはっ。だまされたな、バカめ。
柿沼　なに？　どういうことだ。
社長　いっちゃん最初に、ミミちゃんに〝このツチノコブス〟と言ったときにミミちゃんが一発そして今、お前が五発。この六発はすべて空砲だが、その後のタマにはすべて実弾がこめてあったのだあっ。

柿沼　しまったあっ。
花柳　そんなの、ごつごう主義よおっ。
社長　そうだ、だから言ってるだろ。こどもの世界はごつごう主義だって。
柿沼　し……しかし……タマはすでに六発射ったのだぞ？　このリボルバー六連発のはずではないか!!

ミミ　やったあ、かっちゃん、かっこいいっ。
社長　ふ……ふっふふふふ。俺のリボルバーはなっ、「百連発」なのだあっ。
ミミ　いやーっ、みっちゃんの言うこと、駄菓子屋臭ぁい！
柿沼　し……しまったぁ……百連発だったのか……。

社長　ふっふふふ。「かっちゃん頭巾」、いよいよ最後のときがきたようだな。
ミミ&花柳　かっちゃん頭巾、がんばってえ〜っ。
社長　死ねいっ！

機関銃百連発の音。

柿沼　はうっ、はうっはうっ。
社長　わあっはははははぁっ。
柿沼　うーん、なんのっ。（ムックリ起きあがる）
社長　ん？　なぜだ。こんなに射ったのに、なんで生きておるのだ。
柿沼　それは……それはあ……。
ミミ&花柳　がんばれ、ごつごーっ、がんばれ、かっちゃんっ、がんばれ、ごつごーっ負けるな、かっちゃんっ♪
柿沼　それは……「死なないクスリ」をつけたからだあっ！
ミミ&花柳　やったあ、やったあ、かっちゃんの勝ちだもんな。
社長　ふっふっふっふっ。かっちゃん、甘いわ。これを見ろっ。
柿沼　なんだそれは。
社長　これは「死なないものを死なすクスリ」だっ！

柿沼　そんなぁっ、そんなのいくらなんでもあんまりだあ。
社長　（柿沼に耳寄せ）たしか今期の人事移動で、ワッカナイの営業所に一人欠員ができとったなあ、ん？
柿沼　みっちゃん?!
社長　それだけ不死身だったら、当分は氷点下何十度のとこへ行って、根コンブの買いつけでもしてもらおうかなっと。なあ、かっちゃん。
柿沼　う………。う、しまったあ。「死なないクスリ」を持っていたのか。これじゃ勝てないやあっ。
社長　ふっふっふっ。やっとわかったか。それに見ろ。これが「死なないクスリをつけた奴を死なすクスリをつけられても死ななくなるクスリ」だ。もはやかっちゃんに勝ち目はないのだぁ。
柿沼　や、やっぱりみっちゃんは強いやっ。
花柳　ミミちゃん、行こ？
ミミ　うん、行こ。
社長　おい、お前らどこ行くんだよ。
花柳　だって、みっちゃん、ワガママだから遊んでてもおもしろくないんだもん。
社長　なにおう。
ミミ　そうよ、みっちゃん卑怯なんだもの。

社長　こいつっ（ミミの頬を張る）
一同　あっ！
花柳　な……なぐった。女の子に暴力ふるった。
ミミ　さいてい……。
社長　ふ……ふっふふふふ。お前ら、院長先生の話を聞いてなかったのかよ。ここじゃな、暴力ふるったって叱る人間はいないんだ。ということは、力の弱いものは力の強いもののの家来になるしかないんだ。
ミミ　それなら、一番強いのはかっちゃんよ。
社長　なに!?
柿沼　ミミちゃん、何言うんだ。
ミミ　あたし、婦長さんに聞いて知ってるもの。かっちゃんて、ほんとは空手とか合気道とかをやっててすっごく強いんだ。
花柳　え、ほんとに？
柿沼　そ、そんなことないよう。
ミミ　おまけに、毎日木槌で自分の頭たたいて鍛えてるから、すっごい頭突きが強いんだ。
社長　かっちゃん、毎晩そんなことしてたのか？
ミミ　かっちゃんにかかったら、みっちゃんなんか小指一本で負けちゃうくせに。ふん。
社長　へっ。それは、かっちゃんにもしぼくを殴る勇気があるとしたらの話だけどね。へへ

ミミ　へへ。
花柳　かっちゃん、お願い、そんな奴、やっつけちゃってよ。
柿沼　かっちゃん！
社長　う……。
柿沼　ふふ。いいだろうなぁ、冬のワッカナイ。単身赴任。流氷がミシミシィ〜ッ。
社長　う……。
柿沼　遠くに見える北方領土。エトロフ、クナシリ、ハボマイ、シコタン。
社長　み……みっちゃんっ。
柿沼　なんだよ。
ミミ&花柳　……斬ってもいいから、チャンバラしよ。
　最低っ!?

Scene ⑨

上手より、医師、看護婦。看護婦の差し出すカルテを一枚ずつ見ながら。

医師　ふむ。全員、抵抗反応は出ていないようだね。

看護婦　みんな、順調に「こどもがえり」していってますね。

医師　この次の段階になると、自分がかつて大人であった、という意識さえ深層心理の奥へ追いやられてしまうようになるはずだ。

看護婦　人間って、こんなに簡単に暗示にかかるものなんですね。いつも驚きますわ。

医師　うむ。ただ単にあのクスリと催眠暗示だけではこれだけの効果は出ない。この島だからこそ成功するんだよ。

看護婦　といいますと。

医師　これは今後の研究課題だが、この島にはなにか人を暗示におとし入れる未知の力があるように私は思うんだ。

看護婦　未知の力といいますと？

医師　海ぞいの空気、洞窟からのオゾン、波の音、そういったものが我々の生理に微妙な影響を与えるのかもしれん。また、こんな小島に何人かの人間だけしかいないせいかもしれんが、お互いの精神感応力が異常に高まるようだ。

看護婦　それは、ユングのいう「集合的無意識」のようなものですか。

医師　さてな。とにかく、お互いの感応力が強まっているし、それに応じてイメージ喚起力や暗示にかかる感度も高くなっている。こういうのはつまり、こどもの精神構造の特徴でもある。

看護婦　この島には、人間を夢見がちで信じやすい気持ちにさせるような、何かがあるっておっしゃりたいんですね。

医師　そうとでも考えないと、説明のつかんことが多いね。ところでどうだ、暴力支配の兆候はもう誰かに出たかね。

看護婦　はい。三友社長に暴力願望がかなり顕著に出ているようです。

医師　他の四人は。

看護婦　いまのところ三友社長と「にらみ合い」ってとこですかしら。

医師　そうか。じゃ、もう少ししたら彼は「離れザル」に追いやられるな。
看護婦　共同体である猿山から追いだされるわけですね。
医師　彼が、共同体を支配する互助的なルールに屈服しないかぎりはね。
看護婦　ま、少しはつらい思いを味わえばいいんだわ。
医師　おいおい。患者をそういう好き嫌いの目で見ちゃいかんよ。
看護婦　じゃ、先生はあの男のことは？
医師　嫌いだよ。背中に武田鉄矢でも縫いつけてやりたいね。
看護婦　ま。それってイヤでしょうね。

Scene ⑩

藤堂が一人でコンピューターゲームをしている。そこへ上手から花柳とミミ。

藤堂　あれ？　みっちゃんたちと遊んでたんじゃないの？
花柳　もう二度とみっちゃんなんかと遊んばないわよ、ね～えっ!?
ミミ　ね～えっ!?
藤堂　どうしたのさ。
花柳　だって、みっちゃんたら、ミミちゃんに手を出したのよ。
藤堂　え？　手を出した？　で、ミミちゃん、されちゃったの？
ミミ　なに？　されたって、どういうことよ。

藤堂　だって、手を出したって……。
花柳　だから、暴力でもって言うことを聞かそうとしたのよ。
藤堂　言うことを聞かす。
ミミ　痛かったわ……。
藤堂　そりゃそうだろうねえ。こどもだからって、していいことと悪いことがあるよね。
花柳　そうよ、許せないわよ。
ミミ　でも、この中で一番強いかっちゃんはみっちゃんの言いなりになってるしな。
花柳　藤堂くんは、頭はいいけど、力はなさそうだしねえ。
藤堂　はははは。ぼく、ケンスイとか腕立てふせとか一回もできないもんね。
花柳　じゃ、かけ足なんかも遅いんでしょ。
藤堂　なに？　かけ足も一回もできないんだー。
ミミ　あーあ。藤堂くんがこれじゃ、私たちやっぱりみっちゃんの言うこと聞くしかないのね。
花柳　そうね。思い通りになるしかしかたないのね。
藤堂　そ、そんなことあるもんか。そんなことないよ。力なんかなくったって、みっちゃんに勝てる方法はあるよ。
花柳　そうかしら。
ミミ　どうやって？

藤堂　たとえばさ、神経作戦で痛めつけるんだよ。

二人　神経作戦？

藤堂　そう。この島にはなんてったってこどもはぼくたち五人しかいないんだ。そのうち四人がさ、たとえばひとつの遊びに夢中になってさ、しかもその遊びがみっちゃんにはわからなくて入れない遊びだったら？

花柳　早い話が、仲間はずれにしちゃうのね。

藤堂　そっ。「精神的疎外感」を味あわせてジリジリとまいらせてやるんだよ。

ミミ　なんだかインケンね。

藤堂　だって、仕方ないよ。むこうが力でくるんなら、こっちは頭脳作戦でいかなくっちゃ。

花柳　でも、たとえばどういう方法で仲間はずれにするの？

ミミ　そうよ。仲間はずれにするって、みっちゃんがすぐに気がつくような方法だったら、意味ないじゃない。

藤堂　そうだなあ。たとえば、きみたちだって、男ばっかりの中へポツンと女の子ひとりだけだったら、いやな気がするだろ？

ミミ　だって、男の人って、野球の話とかエッチな話しかしないんですもの。

藤堂　逆の場合だって同じさ。たとえば、ぼくがきみたちの中に溶けこもうとする。やってみよう。

花柳　そうね。でさ……（ミミと花柳、女の子にしかわからない話。たとえば編みものの話など

を専門用語をまじえておしゃべりする）

花柳　アンヌ・シャリパンティエっていうケーキ屋さんあるやん。

ミミ　知ってる、知ってるぅ。

花柳　あそこのケーキふわふわやねんで。

ミミ　ふわふわなん。食べたいなー。

藤堂　あのさー。ふわふわっていえば、お金なんかちょっとでふわふわのファーファだよね。

ミミ　あたしなー、天然パーマやねんな。こんどカーリーあてようと思うねん。

花柳　えー、カーリーは痛むねんで。

藤堂　あのさ。カーリーで思い出したけど、チャーリー石黒っていまなにしてんのかな。

花柳　みかん占いってしってる？　みかんをおばちゃんがむくやろ、それで性格あんた乱暴やろとか。

ミミ　それ占い師の方がランボーやん。

藤堂　ランボーをやっていた、シルベスター・スタローンって、タバコすったローン？

ミミ　あたし膝頭黒いねんやんか。どうやったらなおる？

花柳　あんな、卵の薄皮はるやろ。それでな。

藤堂　……。かえるっ！

ミミ　あ、ちょっと藤堂くんっ。

花柳　どこ行くのよ。

藤堂　あ、そうか。いまのはたとえばのシュミレイションだったんだ。

ミミ　帰るって、どこへ帰るつもりだったの。

藤堂　なんか、ほんとに居たたまれなくなっちゃって。

花柳　なるほどねえ。あたしたちだけにわかって、みっちゃんにはわからない、共通の話題を作っちゃえばいいのね？

藤堂　そっ。要はそういうことだよ。

花柳　共通の話題ねえ。あたしはやっぱり家元制度の打破ということについて……。

ミミ　たとえば、最近のブラック・コンテンポラリィの動きなんかどうかしら。

藤堂　いや、やっぱり第五世代コンピューターの進化論ってのがわかりやすいんじゃ。

花柳　いえ、ちょっとまって。これじゃ全然共通の話題なんてないじゃないの。

ミミ　あーあ。みんながあたしみたいにジャネット・ジャクソンのファンだったら話が早いのにな……。

藤堂　ん？　そ……そうだっ。

ミミ　え？　なに？

藤堂　ちょっと耳貸して……。

花柳　なるほどお。

藤堂　よしっ、これで決まりだ。じゃ、ぼくはいまからコンピューターにデータを打ちこんどくよ。みんなは後でそのデータを見て覚え込むんだ。

ミミ　あたしたちもいっしょに考えなくていいの？

藤堂　いや。きみたちには、もっと大事な仕事があるだろう？

花柳　なに？　大事な仕事って。

藤堂　かっちゃんをうまく説得して、ゲームに引っぱりこまなくちゃ。

ミミ　あっ、そうか。

花柳　かっちゃんがこのゲームにはいらなくて、みっちゃんの相手してるんじゃ意味ないものね。

藤堂　うまくまき込めるかな。

花柳　まかしといて。

藤堂　じゃ、たのんだよ。

二人、下手へ去る。藤堂パソコンのキー叩き始める。
モニターにもその文字。

藤堂　ヤ・マ・ダ・ノ・オ・ジ・サ・ン……と。

Scene ⑪

給仕をしてまわる婦長。スプーンを手にイライラしている社長。

社長　みんな、何してるんだ。
看護婦　そうね。食事のベル鳴らしたのに、遅いわね。
社長　イデちゃん。
看護婦　なあに？
社長　ぼくだけ先に食べちゃっていい？
看護婦　（ニッコリして）いいのよ、みっちゃん。何にも遅れてくる人をガマンして待ってなくても。好きにしていいのよ。

社長　そうだよね。はは。じゃ、いっただっきまぁ〜す。

食べ始めたところへ、花柳、ミミ、藤堂、柿沼。笑いさざめきながらはいってくる。柿沼は左右からミミ、花柳にすり寄られてデレデレしている。

花柳　ね、かっちゃん、ちゃんとおっしゃいよ。
柿沼　だって。
ミミ　そうよ、ちゃんとおっしゃいよ。ランちゃんとあたしと、どっちが好きなのよ。
柿沼　そんなこと、返事できないよ。
藤堂　そうだよ。かっちゃんは、どっちも嫌いなんだよ。
花柳　あっ、ひどぉい。ね、かっちゃんそうなの？
柿沼　んなことないよぉ。
ミミ　じゃ、どっちも好きなのね？
花柳　そう？　どっちも好きなの？
柿沼　そ……そうだよぉ。
ミミ&花柳　やったあ、やったあ。
社長　うるさいっ、静かにしろよっ。
一同　あ……。

社長　なんだよ、ごはんに遅れてきたうえにワイワイさわいで。かっちゃん、お前どこ行ってたんだよ。
柿沼　あ……その、ちょっと。
社長　食べるの待ってやってたんだぞ？
柿沼　ごめん……みっちゃん。
看護婦　これでみなさんおそろいね？
藤堂　イデちゃん、ごめんなさい、遅れちゃって。
看護婦　（ニッコリして）いいのよ、遅れても早くきても。早くきた人は待たなくちゃいけないだけだし、遅れてきた人はそのぶんお料理が冷めてるだけなんだから。はい、じゃ、これ、今日のおクスリよ。みっちゃんもね。じゃ忘れないように、それを呑んでからお食事するのよ？
一同　はあい。

錠剤をのむ。看護婦、それを見届けてから去る。一同、食べ始める。無言だが、つつき合ったり目顔で笑い合ったりしている。

花柳　（小声で）かっちゃん。
柿沼　ん？

花柳　さっきのこと、お・ね・が・いっ。ね？
柿沼　う……うん。
社長　かっちゃん。
柿沼　ん？　なに？　みっちゃん。
社長　言われなくてもわかってるだろう。
柿沼　え？
社長　よこせよ。
柿沼　あ……おかず？
社長　きまってるじゃないか。

社長、柿沼の皿をとり、料理を半分以上自分の皿へ入れる。

一同　あーっ!?
社長　なんだよっ、文句あんのかよっ。
ミミ　みっちゃん、ずるい。人のぶんまで食べて。
花柳　そうよ。おかわりがほしかったらイデちゃんに言えばいいじゃない。
柿沼　あ、みんな。いいんだよ。ぼくは。
社長　そうさ。かっちゃんは、少食なんだよ。だからぼくがかっちゃんの食べきれないぶんを、ムリして食べてあげてるのさ。な？　かっちゃん？

柿沼　う……うん。

社長　それにかっちゃんは、この、いっつも入ってるキノコがだいきらいなんだ。

藤堂　えー？　おいしいのに、このキノコ。

社長　だろ？　ぼくもこのキノコは大好きさ。だけどかっちゃんは、嫌いだから、ぼくがムリして食べてあげてるんだ。そうだな、かっちゃん？

柿沼　う……うん、そうだよ。

ミミ　そんなこと言って、ほんとはみっちゃんが人いちばい大食いなだけじゃないのぉ？

社長　なにお？　ナマ言うと、また殴るぞっ！

ミミ　なによ。殴ってごらんなさいよ。

藤堂　まあまあまあ。たしかにみっちゃんは別に大食いなんかじゃないよ。

一同　え？

藤堂　大食いっていうのはさ、そんなもんじゃないんだ。ぼくの知ってる人に、山田のおじさんって人がいるんだけど、この人の大食いったら、一度見せてあげたいよ。

一同　山田のおじさん？

藤堂　うん。山田のおじさんはね、別に太ってたり大きかったりってんじゃないんだけど、わんこそばの大喰い大会で三年連続チャンピオンになったくらいでさ。

社長　ふんっ、山田のおじさんだか何だか知らないけど、素人の大喰いなんてたかがしれて

花柳　るさ。スモウ取りにくらべりゃな。ぼくがタニマチになってる琴若葉なんかは。
社長　あっはは、どうしてこどもがスモウ取りのタニマチになんかなれるのよ。
花柳　なにい？
社長　みっちゃんの嘘つきっ。
ミミ　こいつうっ。
藤堂　ちょっと……ちょっと待って？
ミミ　ん？　どうしたの？　ミミちゃん。
藤堂　大喰いで山田のおじさん？
ミミ　うん。
藤堂　あたし、その人知ってる。
ミミ　えー？　そんなわけないよ。だって、山田のおじさんは、ぼくのお父さんが大学で教えてた頃の教え子だよ。
ミミ　あたしの知ってる山田のおじさんは、あたしのパパのビシャモンテン高校時代の同級生で、今でもよく家に遊びにくるのよ。来たら家の冷蔵庫がいっつもからっぽになるくらい、よく食べるのよ。
藤堂　ふうん、でも、偶然の一致だろ？　山田なんてよくある名前だしさ。
社長　そうだそうだ。「山田・井上、いぬのクソ」っていってな。ぼくの知りあいに鈴木ってのがいるんだけどさ、ぷっ、聞いてくれる？　この鈴木がさ。

ミミ　その山田のおじさんって、どんな顔した人？

藤堂　えー？　どんな顔って……。うーん、四十過ぎだけど、色が白くてツルッとしてるから年のわりには若く見えるんだけど、うーん、どうも口では言いにくいなあ。

ミミ　そうよね。色が白くて。

藤堂　うん、そうだよ。うちの父なんか、名前呼ばずに「おい、白ツル」って言ってるもの。

ミミ　いつもぼうしかぶってるでしょ。

藤堂　かぶってる、かぶってる。

ミミ　ほらあ、やっぱり山田のおじさんよ。

藤堂　そりゃ、山田のおじさんだけど。えーっ？　でもどうしてミミちゃんが……。

社長　ふっ、きみたちはどこの出だか知らないけど、東京って街は広いんだぞ。山田ちがいでぬか喜びするなんてのは田舎者の証拠だよ。現に越後に行きゃあ、電話帳に三友って名が……。

花柳　変ねえ……。

一同　ん？

花柳　その山田さんって……フルネームは何ていうの？

藤堂　え？　どうして？

花柳　うちのおむかいに山田さんって人が住んでるんだけど、この山田のおじさんってのがやっぱりすごい大食いなのよ。

ミミ　へえ。
花柳　で、うちの近所に最近できたラーメン屋さんがあるんだけど、ここの売りものに「ウルトラメン」というのがあるのよ。
一同　ウルトラメン？
花柳　そ。おそばの玉が六玉入ってて、それに厚さ一センチもあるチャーシューが二十枚も入ってて、スープを入れると全部で三・二キロになるっていう、ものすごいラーメンなのよ、これを十分間で食べた人に、十万円あげるっていう。
ミミ　ま、おげれつ。
花柳　おげれつでしょ？　むかいの山田のおじさんはそれに一番乗りで行って二杯食べたのよ、ウルトラメンを。
社長　んなバカなこと。人間の胃には容量ってものがあるんだぞ。だいたいだな……。
花柳　そのお店に名札が貼ってあるもの山田一郎って……。
ミミ　山田一郎？
藤堂　山田一郎？（二人顔を見合わせて）
二人　山田のおじさんだっ。
花柳　ね？　そうでしょっ!?　やっぱりそうなのよ、山田のおじさんなのよっ。
社長　あー、つまんない。ふんっ、山田のおじさんだか田中のおばさんだか知らないけどさ。おまえらそうやって勝手にもりあがってろよ。な、かっちゃん。あのさ……こっちはこっちだけの話なんだけどさ、明日院長先生には内緒でさ洞窟探検に行かないか？

花柳やミミがさかんに柿沼に目くばせしたり、足を軽くけとばしたりしている。

社長　な、かっちゃん。ついでに灯台も見にいこうよ。
柿沼　その…………。
社長　ん？「その」…………なんだよ。かっちゃんまさかビビってんじゃやないだろうな…………。
柿沼　その……山田一郎さんって……運輸省のお仕事してるんじゃやない？
一同　えーっ!?
柿沼　ぼ……ぼくの知ってる山田のおじさんがきみたちの言ってる人なら。
藤堂　そうだよっ。山田のおじさんは運輸省につとめてんだよ。
ミミ　えー？うっそみたい。かっちゃんも山田のおじさん知ってるの？
花柳　じゃ……かっちゃん、あれ知ってる？
柿沼　あれって？
花柳　〝よろしいですかあ？〟
藤堂　〝よろしいですかあ？〟
ミミ　〝よろしいですかあ？〟

社長　なんだ。なに言ってるんだよ。

柿沼　山田のおじさんの口癖だよね。〝よろしいですかあ？〟

藤堂　あれ、おっかしいよね。

花柳　ともかくやたらいつも言うのよね。

ミミ　しつこいのよね。

柿沼　そうだよね、そう。

一同　〝よろしいですかあ？〟

社長　か……かっちゃん!?

明るい光の中、MC役の藤堂出てくる。

藤堂　さあて、今週もやってまいりました。「山田のおじさん」のコーナー。今週のチャレンジャーは、この方たちです。はい、花柳ランちゃん、ミミちゃん、三友みっちゃん、そして、柿沼かっちゃん。いずれも「山田のおじさん」に関しては誰よりもくわしいと自負している、日本一の「山田のおじさん・おたく」の少年少女です。さっ、では第一問です。ある夏の午後のことです。お母さんが買い物に行っていて、あなたは一人で留守番をしています。そこへ「よろしいですかあ、よろしいですかあ？」と言いながら、山田のおじさんがたずねてきました。テレビを見て留守番をしているあなたを見て、山田のおじさんが言うひとことはなに!?　さっ、手前のボードに書いてください。

一同書く。

藤堂　さあ、書けましたですか？　では、みっちゃんからいってみましょう。山田のおじさんの最初の一言はなにっ!?
社長　(ボードを立てて)「テレビは放射能が出るから、あんまり見ないほうがいいよ？」
藤堂　ん？　みっちゃん、それが答えですか？
社長　そ。ウチのおじさんなんかよくそういうこと言ってたもの。
藤堂　ああ、そうですか。いや、あなたのおじさんの話を聞いてるんじゃないんですが。ま、いいか。たまにはこういう人もまぎれこんでくる。
社長　なんだとっ。
藤堂　さっ、ちょっとシラけてしまいましたが、残りの「山田のおじさん」通三人に聞いてみましょう。さっ、みなさんお答えは!?
花柳　「あたまの先までピーコピコ」
ミミ　「あたまの先までピーコピコ」
柿沼　あ……。「あたまの先までピーコピコ」

藤堂　はい、全員正解っ！

ジングル。

藤堂　正解はもちろん、「あたまの先までピーコピコ」。これですね。さて、正解の方々にうかがってみましょう。ランちゃん。ランちゃんはどうしてこれがわかったの？

花柳　だって、山田のおじさん、いっつもこどもの顔みたら言うんだもん。

藤堂　あたまの先までピーコピコ？

ミミ　そっ。道で会ったときにもやるじゃない？　山田のおじさんって。

花柳　そっ。あれって、恥ずかしいのよね。学校の帰りなんかでお友だちがいっしょにいるのに、前からたまたま山田のおじさんが来たときなんかさ。

ミミ　そ。山田のおじさんって、普段すっごい猫背なのよね。それが私たち見つけると、こう、グンと背がまっすぐになって。

ミミ&花柳　あたまの先までピーコピコ。

藤堂　あっははは。ありますねえ、そういうこと。私も山田のおじさんにはよくやられました。

花柳　恥ずかしいのよねえ、あれ。

柿沼　……。

ミミ&花柳、藤堂　あたまの先までピーコピコ、あたまの先までピーコピコ、あっははは。
社長　やかましいやいっ。
一同　ん？
藤堂　どうしたの？　みっちゃん。
社長　こんな遊び、つまんなくてやってられないよっ。
藤堂　そうかなあ、とってもおもしろいと思うけどなあ。
花柳　おもしろいわよ。
ミミ　おもしろい。
ミミ&花柳、藤堂　おもしろいよ、ねぇ。
社長　かっちゃんはどうなんだよ。こんなことやってておもしろいのかよ。
柿沼　あ……。
社長　どうなんだよっ。
柿沼　すこし………おもしろい。
社長　ああ、そうか。わかったよ。ふん、一生やってろ！

そのあたりを蹴っとばして下手へ去る。

柿沼　あ……みっちゃん！

柿沼、社長のあとを追おうとする。

藤堂　かっちゃん、いいからほっときなよ。

柿沼　だって……。

藤堂　いいからさ。

ミミ　そうよ。今までさんざんワガママばっかり言ってた罰よ。

花柳　ふふふ。だいぶ弱ってきたみたいやね、みっちゃん。

藤堂　そりゃそうさ。だってぼくたち、一日中、山田のおじさんの話しかしないもの。おっと、忘れないうちに打ち込んどかなきゃ。（パソコンのキー押す）「山田のおじさんの必殺ギャグ―あたまの先までピーコピコ・発案者花柳ラン」

花柳　でも、すごいわね。山田のおじさんの性格とか特徴とか、どんどんふくらんでいくものね。

藤堂　うん。最初は履歴書くらいのデータだったのにね。骨格標本みたいなものだったのにね。

ミミ　あたしたちがどんどん肉づけしていったから、ずいぶん人間らしくなったじゃない。

花柳　最初はただの「みっちゃんいじめ」だったのにね。あたし、この頃ほんとうにおもしろくなってきちゃった「山田のおじさん」ごっこ。

ミミ　あたしも。
藤堂　かっちゃんは、どう？
柿沼　うん。おもしろいよ。おもしろいけど。
花柳　おもしろいけど、なによ。
柿沼　ちょっとやり過ぎじゃない？　みっちゃん、なんだかかわいそうだよ。
ミミ　いいのよ。あんなこどもらしくないおっさん臭い子は、とことんやってやらなきゃわからないのよ。
花柳　そっ。むこうからワビ入れてくるまでは、徹底的にやってやるのよ。

食事を知らせる音楽。

藤堂　あっ、夕ごはんだ。
花柳　もうそんな時間なのお？
藤堂　夢中んなって遊んでたからだよ。
ミミ　ねっ、ごはんが終わったら、また続きやろう!?
藤堂　うん。
一同　♪ごーはんだごはんだ
　　さあ食べよう〜♪

歌いつつ上手へ。パソコンがついたままになっている。下手より、社長うなだれて暗ぁく登場。

社長　♪歌を忘れたカナリヤは裏のおせどに捨てましょか。

パソコンの前にすわり、うなだれて。

♪いえいえそれはかわい……かわいそ……ん!?

パソコンの画面に気づく。

なんだろう、これは。「山田のおじさんに関する全データ」……どういうことなんだ。

キーを叩いてデータをひき出していく。

社長　「山田のおじさんの口癖―よろしいですかあ?　データ作成日七月十日、発案者、ミミ」「山田のおじさんの特徴・その8―山田のおじさんは大食いである。わんこそば早食い大会で過去三年連続チャンピオン。総重量三・二kgのウルトラメンを十分間で二杯食べたこともある。データ作成日七月九日、発案者、藤堂、花柳」
ま……まさか……。

キーを叩いて次から次へとデータを引き出し、むさぼり読む。

そうか……そういうことだったのか。く……く……くっくっ。

怒りとも恨みとも何とも言いようのないすさまじい笑いを浮かべて。

山田のおじさんかぁ……なるほどなあ……くっくっくっくっ……あいつら、どうなるかいまに見てろよ。……まずは手始めに……と。

キーを叩いて何事かを打ち込み始める。ニタニタ笑いながら猛烈なスピードで打ち込み続ける。

そこへ上手より看護婦。

看護婦　どうしたの、みっちゃん、なにしてるの？
社長　（ビクッとして）あ、イデちゃん。
看護婦　チャイムが聞こえなかった？　夕ごはんの用意、できてるのよ。

社長　あ、うん、すぐ行くよ。

看護婦と社長、上手へ去ろうとしたところへ、玄関のチャイム、下手から大きな音で。

看護婦　ん？

チャイム、さらに鳴る。

看護婦　おかしいわねえ。

上手より医師、登場。

医師　婦長、誰かお客さんかな。
看護婦　おかしいですわね。入院者の来る予定はないし、パートのおばさんの来る日でもないですし。
医師　うむ、変だな。それよりも何よりも、フェリーが入った様子もないし、ヘリコプターも何も着いてない。なのにどうしてお客さんが来るんだ。

上手から藤堂、花柳、ミミ、柿沼。

花柳　ね、ね、誰かお客さん？

ミミ　新しいおともだちだ、きっと。

藤堂　やったあ、またもっとにぎやかになるぞ。

看護婦　ちょっと静かになさい。

チャイム、激しく。

医師　婦長、とにかく、応待に出てみなさい。

看護婦　はい。

下手、玄関のドアをあける。作業衣のような制服を着た中年の男がゆっくりと入ってくる。猫背で色が白く、銀ぶちのメガネをかけている。

男　失礼します。

看護婦　はい。あの。

男　申し訳ない。急におうかがいしちゃいまして。

看護婦　いえ。あの……失礼ですが。
男　あ、私？　山田です。
一同　え？
男　運輸省の委託で、向こうの灯台の管理をしてます、山田一郎というものです。
こどもたち　あっ……。

こどもたち、山田を凝視し、凍りついたように硬直する。

看護婦　ま、そうですの。どうぞ、おはいりになって。
男　(ゆっくりと顔をあげニタッと笑って) よろしいですかあ？　よろしいですかあ？

Scene ⑫

医師　発電機が壊れたのなら、それはお困りでしたでしょう。

山田　いやー、灯台の灯りの方は大丈夫なんですけど、日常の電気の方がパアになっちゃって。

看護婦　こんな島で電気がないとお困りでしょう。

山田　部屋が暗いぐらいはどうってことないのですが、無線が使えなくて。本部と連絡がとれないんですよ。冷蔵庫もダメでしょう。この時期だから食料全部つぶれちゃって、もうお手上げですよ。次のフェリーが来るまでどうしようかなんて。（お茶碗をみて）なくなっちゃった。

看護婦　おかわりいかがですか？

山田　あっ、そうですか。よろしいですかあ？　すいませんね。よろしいですかあ？

医師　どうぞ、次のフェリーが来るまでゆっくりしていってください。こんな施設ですが、部屋も食料も充分にありますから。

山田　申し訳ない、よろしいですかあ？

看護婦　よろしいですよ。はいっ。（おかわりをもってくる）

山田　ありがとうございます。

医師　それにしてもね。妙な話ですね。こんな小さい島でお互い初顔合わせとは。前の灯台守の方、なんておっしゃったっけ。

看護婦　関口さんでしたっけ。

医師　関口さんだっけ。関口さんには、ものすごい剣幕で怒られたことがありまして。うちの入院患者がかってに灯台に入ることがあって、へそ曲げられちゃって。

看護婦　それ以来、灯台の方とは没交渉になっていまして。

山田　うちの灯台の方も管理者がころころ変わるもので、なかにはそういう変骨がいるかもしれませんな。いや、これは申し訳ないことをした。おかわり。

看護婦　すいません、気がつかなくて。

山田　よろしいですかあ？

医師　それで、山田さん、いつこの島に？

山田　ほんの二、三日前なんですよ。もっと早くご挨拶に伺おうと思ったのですが、これは

医師 また、とんだご挨拶になっちゃったかなー。

看護婦 とんでもないです。どうぞゆっくりしていってください。そうだ、山田さんをあとでお風呂にご案内してあげなさい。

山田 ここのお風呂はゆったりしてて気持ちがいいんですよ。

看護婦 島じゃあ、水は貴重品ですからね。湯船に入るのは何年ぶりかな。

山田 またまたあ〜。

医師 ほんの二、三日前に来たんでしたっけ。

看護婦 じゃあ、山田さん。我々は残りの仕事を片付けてきますので、すいませんが、こどもたちの相手でもしてやってください。

じゃあ、みんなわがまま言って、山田さんを困らせちゃだめよ。いいわね。

山田 (食事をしながら、突然)頭の先までピーコピコ。

一同驚く。

山田 藤堂くん、ひさしぶりだな。元気でやってるかい。お父さん元気? 君のお父さんには、学生時代いろいろかわいがってもらってね。俺のこと、おい白ツルなんて呼んだりしてなあ。またご挨拶にうかがいますって言っといて。

山田　頭の先までピーコピコ。ミミちゃん、大きくなったなー。元気かい？　お父さんは？君のお父さんとは高校以来の同級だからなー。また今度、冷蔵庫の掃除に行きますと言っておいてよ。ランちゃん、元気でやってるかい？　まだあのウルトラメンのお店に行っているかい？　じゃあ、今度はおじさんと行こうな。おじさん、三杯食べちゃうぞ。かっちゃん、元気にしているか。頭の先までピーコピコ。はいっ。頭の先までピーコピコ。

柿沼、動かない。

山田　おじさんにやってくれよ。かっちゃんの得意技を。さみしいじゃないか。はいっ、頭の先までピーコピコ。

柿沼　プニュ。（両頬を両手ですぼめる）

山田　頭の先まで……、あらっ、ぼくはおじさんはじめてだったかな。

社長　はいっ、はじめてです。

山田　そうかあ？　つい最近どこかであったんじゃなかったかな。

社長　いえ、はじめてです。

山田　そうか、山田のおじさんだ。よろしくね。ぼうや名前は？

社長　みつともです。
山田　みつともくんか、じゃあ、みっちゃんでいいな。
山田　じゃあ、みっちゃん、おじさんと一緒にお風呂に入ろうか。
社長　いえ、いいです。
山田　どうしてだ。知らない大人とこどもが仲良くするには、一緒にお風呂に入って背中の流しっこするのが一番だ。なあ、そうだろう。みっちゃん。ようし、みっちゃん、おじさんをお風呂に案内してください。お風呂はどっちですか？
社長　あ、あっちです。
山田　はいっ、それじゃあ、行こう。すみずみまで洗ってあげるからね。

二人退場。しかし、山田だけすぐ出てきて、

山田　頭の先までピーコピコ。
柿沼　プニュ。

再び退場。

花柳　ちょっと、藤堂くん。これ、どういうことよ。説明してよ。

藤堂　どういうことだか、ぼくにだってわからないんだよ。
ミミ　やだー、私こわいー。
花柳　だって、山田のおじさんごっこをやろうって、言いだしたのは藤堂くんよ。藤堂くんしか説明できないんじゃないの？
藤堂　だって、ぼくにだって本当になにがなんだか分からないんだってば。
柿沼　藤堂くん、女の子怖がっているじゃないか。いいかげん、種あかししてやれよ。
藤堂　かっちゃん、どういうこと？
柿沼　いくら頭がいいからってさあ、おれたちかつぐのも、ほどほどにしろよな。
花柳　かっちゃん、なに言ってるの。
ミミ　かつぐってどういうこと？
柿沼　藤堂くんはね、最初から山田のおじさんと知り合いで、山田のおじさんのこと、よく知ってたんだよ。
藤堂　ちょっとまってよ。何のことだよ。
柿沼　山田のおじさんのことよく知っていてさ、さもぼくたちが想像で作り上げているように思わしたんだよ。で、後から本人連れてきて、みんなをびっくりさせようというわけだろ。
藤堂　違う！　違うよ。
柿沼　だって他に考えようがないじゃないか！

ミミ　なんだ、そういうことだったの。藤堂くん、いたずらにしてもきついじゃない。

花柳　ねえ、ちょっと待って。だって、藤堂くんが、一人で山田のおじさんのデータ作ったならわかるけど、そうじゃなかったでしょ。

ミミ　あっ、そうだ。あの「よろしいですかあ？」っていうの、考えたの私だもん。

花柳　大食いだってのは藤堂くんが考えたけど、ウルトラメンとか私が考えなかった？

藤堂　そうだ。あの、「頭の先までピーコピコ」っていうのも、考えたのはランちゃんじゃないか。

花柳　やっぱりそうなのよ。なんでだかわかんないけど、私たちがつくった山田のおじさんが、ここにでてきちゃったのよ。

柿沼　そんなことありうるものか！　こう考えれば説明つくよ。藤堂くんはぼくたちが考えたキャラクターをあらかじめパソコンに打ち込んでおいて、それを情報として、山田のおじさんに送ってたんだよ。

藤堂　そんなことしてないってば！

柿沼　だから、山田のおじさんはデータ通りの人間になって、ぼくたちの前に現れたんだ。

藤堂　違うってば。どうしてぼくのこと信用してくれないんだよ！

花柳　それを確かめる方法が一つだけあるわ。山田のおじさんの新しい特徴をいまもう一つ作るのよ。おじさんは、ともかくみっちゃんとお風呂に入っていないんだし、藤堂くんは情報の送りようがないじゃない。

ミミ　それでも、もしその特徴が現れてたら。
花柳　やっぱり、おじさんは私たちが考えたものが実体化したってことよね。
柿沼　だけど、どんな特徴を考えたらいいんだよ。
花柳　ともかく一目でわかる特徴でなきゃ。
ミミ　えーっと、たとえば、鼻の頭にほくろがあるとか？
全員　わかりやすい。
藤堂　それをデータに打ち込んでみよう。（パソコンをさわりながら）あれっ？
花柳　どうしたの？
藤堂　新しいデータがふえてる。新しい項目がふえてるんだ。
花柳　ふえてるって？
藤堂　山田のおじさんの正体。なんだ、これっ？
花柳　山田のおじさんの正体。山田のおじさんは一見普通のおもしろいおじさんだが、本当は狂っている。
藤堂　山田のおじさんは出会った人間をみんな殺すのだ。
花柳　データ作成日、七月十一日。発案者。みっちゃん！

舞台の下手から突然、

看護婦　きゃあ〜!!　みっちゃんがお風呂場で。みんな、助けて。
全員　みっちゃん。

気を失って倒れたみっちゃんが運ばれてくる。

看護婦　先生、どうですか？
医師　なんとも言えん。意識を失っている。
看護婦　でもどうしてお風呂でなんか……。
医師　心臓病か高血圧か。湯船のなかで相当のショックを受けたようだ。
山田　私が先に出るよと言った時は、鼻歌とか唄って元気そうだったんだが……。
柿沼　嘘だ。おじさんがみっちゃんを湯船のなかに押し込んだんだ。
山田　変な言いがかりはよせ。
看護婦　かっちゃん、なんてこと言うのよ。
山田　婦長さん、怒らないで。私、人相が悪いから。人殺しみたいな顔してるから。そうだよ、ぼうや。おじさんがこの子の首を掴んで、湯船に突っ込んで殺したんだ。どうだ、これで満足したか。
医師　山田さん。どうもすいません。ＭＭＭ療法で精神がこどもに退行しているもので。
山田　いえいえ、気にしてませんから。

ミミ　先生、みっちゃん助かるの？
医師　何とも言えん。
ミミ　みっちゃん！
社長　うー。（うわごとを言う）
医師　どうした。みっちゃん。ただのうわごとか。
ミミ　先生、みっちゃん何て言ったの？
医師　ただのうわごとだよ。
ミミ　だから、何て言ったのよ、この藪医者！
看護婦　ミミちゃん。先生に何てこと言うの。
ミミ　藪医者じゃないなら、みっちゃん助けてあげてよ。うえーん。（泣き崩れる）
医師　ミミちゃん、先生にできることはなんでもするよ。だけどね、意識が戻らない限りはだめだ。
柿沼　先生、うわごとでもいいから教えてよ。みっちゃん、何て言ったの。
先生　単なるうわごとだよ。なんでそんなこと気にするんだ。
柿沼　先生、どうして隠すんですか？
医師　いや、別に隠してません。
柿沼　だったら教えてよ！
医師　いやね、みっちゃんは、山田のおじさんには、おへそがないと言ったんだよ。

柿沼　山田のおじさんにはおへそがない。みっちゃんそう言ったの！
医師　だからうわごとだろ。
山田　こいつは参ったな。人殺しの次はへそなし人間にされちゃったよ。カエルだね、私は。
藤堂　ないんだろ。山田のおじさん、おへそないんだろ。あるんだったら見せてみろよ。
医師　藤堂くん。君みたいに賢い子がなんてこと言うんだ。哺乳類にはみんなおへそがある。おへそがなかったらお母さんのお腹から生まれてこないことになる。
藤堂　だから言ってるんだよ。山田のおじさんがお母さんのお腹から生まれたちゃんとした人間だったらおへそがあるはずだよ。見せろよ、見せてみろよ。
看護婦　いいかげんになさいっ！（藤堂にビンタをする）みんな、なにわけのわかんないこと言ってるのよ。そんなこと言っていると、イデちゃん怒るわよ。
ミミ　イデちゃん、怒っちゃやだ。イデちゃんはいつもにっこり笑って、いいのよ、って言ってくれなくちゃやだ。
看護婦　ミミちゃん……。わかったわ。イデちゃんもう怒ったりしないから。ね、みんなはもう寝なさい。
医師　そうだな、みんな寝る時間だ。ここはもうイデちゃんにまかせて。明日の朝になったらみっちゃんはすっかり元気になってるよ。大丈夫だ。藤堂くん行くよ。さあ、寝よう。

山田、看護婦、社長以外は出て行く。

看護婦　山田さん、すいません。失礼なことを言って。

山田　こどもに嫌われるのが大人の役目みたいなものですから。

看護婦　そんなこと……。

山田　いや、そうですよ。嫌われたり、いやがられたり、たまには愛されることもあるでしょうけど、感情の種類はどうあれ、その思いが強ければ強いほど、私の存在がくっきり浮き上がってくるんですよ。ねえ、そう思いませんか。

看護婦　はあ……。

山田　私がここにいるってのは、だれかが私のことを認識するからこそ、私がいるのであって、もしこれが私が私だけだったら、私がいるってことは私にしかわからないわけですよ。ね、そうでしょう。そうなんだ。

看護婦　なにをおっしゃってるの？　山田さん。

山田　そうなんだ。へー、そうなんだ。やっぱへそだな。婦長さん、いいもの見せてあげましょう。（服をまくってへその部分を見せる）私ね、へそないんですよ。やっぱなきゃまずいですよね。（自分の腹に庖丁を刺してへそをつくる）どうです、へそに見えます？　ねぇ、婦長さん、へそに見えるかって聞いてるんだよ!!

暗転。暗闇の中から叫び声が聞こえる。

医師　そんなことがあるもんか。君はね、山田のおじさんという存在をコンピューターのなかに打ち込んだ。これはプログラムであって、実体になりようがないぞ。

藤堂　先生はお医者さんだから、その辺のことがわからないんです。たとえば、ぼくがコンピューターのなかに、あるボールのデータを打ち込んだとします。そのボールはある見方をすれば、確かにこの世に存在するんですよ。

医師　コンピューターのプログラムとしてね。でも触れないぞ、それは。

藤堂　手で触ることもできます。そのプログラムに同調したマジックハンドをつけてやればいいんですよ。そのマジックハンドに手を突っ込めば、そのボールは現物と同じ手触りをぼくたちに返してきます。実際、アメリカではその原理を応用したマジックハンド式のファミコンが主流になりつつあるんですよ。

ミミ　おもしろそう。私もそれやってみたい。

花柳　そんなのんきなことを言っている場合じゃないでしょう。

医師　うーむ。しかし、山田のおじさんは現に生きて動き、しゃべっているのだよ。マジックハンドのボールとは次元がちがうだろうが。

藤堂　ぼくが言いたいのは、ソフトというのは幻覚なんかではなくて、現実に在るんだということです。ソフトというのはそのものの本質のようなものです。それが質量を持っ

柿沼　ているかどうかは二義的な属性で。
つまり、藤堂くんの言ってるのはこういうことだね。ここに実体のないボールがある。それを君がぼくに向かって投げる。ぼくはそれをよける。つまり、こうして現実を動かしていく以上、そのボールっていうのは実体であってもなくても存在することに変わりはないんだと。

藤堂　その通りっ。

ミミ&花柳　（拍手）かっちゃん、かっこいいっ！

医師　どうも何だか狐につままれたみたいだが。よろしい、君たちがそこまで言うのなら、私があの山田のおじさんをうまくだまして、全身調べてみよう。山田のおじさんが人間か、はたしてそうでないかねっ。

藤堂　先生。そんなことすると危いよ。それより、ぼくたちといっしょに、早く島の外へ逃げようよ。

医師　逃げるったって、はは。次の連絡船が来るまでは、ここはどこへも逃げ場なんてないんだから。

ミミ　えーっ？　じゃ、どうしたらいいの？

医師　ふ。安心なさい。私には、これがある。

ふところからマグナムを取り出す。

ミミ　だって、先生、それ、オモチャじゃない。

医師　そりゃ、君たちに渡したのは空砲だけどね……誰にも言わないって誓うかね？

一同　（こっくりうなずく）

医師　これは本物のマグナムで、そして、これは実弾だ。（弾丸を見せて、こめ始める）私はね、ストレスがたまったときに、よくこいつを海に向かってぶっ放すんだよ。以前、ヤクザの組長がここに入院費のかわりにおいていったんだ。

ミミ　ふうん。すごい。本物だったのか……。

上手より看護婦。

看護婦　せ・ん・せ・い……。

花柳　あっ、イデちゃん。

医師　婦長、どうかね、みっちゃんの具合いは……。

看護婦、ゆっくりと前にくずおれる。背中にナイフが突き立っている。

一同　イデちゃんっ。

上手より、踊り出るように山田。右手にチェーンソウを持っている。

山田　よろしいですかあ？　よろしいですかあ？　よろしいですかあ？

こどもたち　キャアーッ

山田　よろしいですかあ？　よろしいですかあ？

チェーンソウがうなりをあげる。

藤堂　せんせいっ。

医師　（ピストルをかまえて）藤堂くん、いいか。こいつは私が何とかするから、その間に君は、そのパソコンで、山田のおじさんのデータを全部消去するんだ。いいな？

藤堂　はいっ。

柿沼　先生、ぼくは!?

医師　きみは、女の子二人を連れて、とりあえず洞窟へ行ってかくれるんだ。

柿沼　はいっ、先生。さ、ランちゃん、ミミちゃん。来るんだ。

花柳　藤堂くぅん！

ミミ　先生っ。

医師　早く行けっ、何をしている。

柿沼、ミミ、花柳、下手へ去る。医師ピストルをかまえて山田をジリジリと上手へ追いつめていく。藤堂はパソコンに向かい、山田のデータを消去していく。医師が山田を追いつめていった、上手幕内より銃声。

医師（声）寄るなっ。

ズキューン！

山田（声）よろしいですかあ？

ズキューン、ズキューン！

山田　よ……よろし……ですかあ？

医師　こ……この化けものめっ。

ズキューン、ズキューン、ズキューン！

幕内、シーンとなる。懸命にキーを叩く藤堂。叩き終えてホッとする。

藤堂　先生？……。
声　なんてやつだ。
藤堂　データはすべて消去しました。
声　消し忘れはないかね？
藤堂　はい。先生、大丈夫ですか？
声　ああ、大丈夫だ。ちょっと頭が……。
藤堂　頭が？　どうしたんです？　先生。

幕内からゴロンと院長の首が転がされてくる。踊り出る山田。服に六つの穴。

山田　あ……あたまの先までピーコピコッ！
藤堂　あーっ！　どうして……そんなに撃たれたくせに、どうして………。
山田　あたまの先までピーコピコっ！
藤堂　データだって全部消したのに。山田のおじさん、どうして死なないの!?
山田　そ……それは……は……ははははは……それは、「死なないクスリ」をつけたからだぁあーっはっはっはっはっはっは。

ジリジリとさがる藤堂、追いつめていく山田。ふりかざされるチェーンソウ。

Scene ⑬

洞窟の中。ピチャーン、ピチャーンと水滴のしたたる音。

柿沼　おーい、ミミちゃん。
ミミ　ここよ、かっちゃん。
柿沼　あんまり、先へ行かないで。あぶないから。
ミミ　だって、山田のおじさんが追いかけてくるかもしれないじゃない。
柿沼　とにかくそこで止まってて。どこにたての穴があいてるかわからないんだから。
ミミ　わかった。
柿沼　おーい、ランちゃんは？

花柳　ここよぉ。
柿沼　僕の声のする方へ少しずつ寄ってきて？
花柳　まっ暗で何にも見えないのよぉ。
柿沼　ちょっと待って。さっきからライターさがしてるんだ。たしか上着のポケットにあったはずなのに。あっ、あったあった。

シュパッ。
三人を照らす。

柿沼　なんだ。三人ともこんな近くにいたんだ。あ、ミミちゃんあぶないっ。（ミミの腕をつかんで手前へ引き寄せる）
ミミ　いやん、何するのよっ。
柿沼　だって、ほら見てごらんよ。

ミミのいた後ろを照らす。

ミミ　きゃっ。

柿沼　ほら、たて穴だよ。もう二十センチ進んでたら、落っこちてたよ。

ミミ　ごめんね、かっちゃん。あたし、今にも山田のおじさんが追っかけてきそうな気がして、つい先へ先へ行っちゃったの。

柿沼　よかった。ライターがあって。

花柳　でも、かっちゃん、どうしてライターなんか持ってたの？

柿沼　え？　どうしてって……タバコ吸うからじゃない。

花柳　えーっ、かっちゃん、こどものくせにタバコ吸うの？

柿沼　え？……あ……そういえばそうだね。……変だね。はは……。

ミミ　あたしたち、大人だったらよかったのに。みんなが大人だったら、山田のおじさんなんかにまけないのに……。

花柳　そんなこと言ってもしかたないじゃないの。私たち、こどもなんだから。

柿沼　僕たち……まだこどもなんだろうか。

花柳　え？

柿沼　僕たち、ほんとにこどもなんだろうか。

ミミ　やだ。何言ってるの？　かっちゃん、変。

花柳　変。手の下がフワフワしてる。

柿沼　え？　なに？

花柳　手の下とか、フワフワしてるの。

ミミ　ん？　ほんとだ。じゅうたんの上にすわってるみたい……。
柿沼　コケかな……ちょっと待って？（ライターを下へ持っていく）……これは……キノコだ……。
花柳　え？　あ……ほんとだ。ほら、天井の方にも。
ミミ　わ。ほんとだ。洞穴いっぱいにキノコがはえてる。
柿沼　ね……これってさ、いっつもご飯のたびに食べてた、あのキノコじゃないの？
花柳　え？　そうかな。（手近に見て）あ、ほんとだ。いつも出てきた、あのキノコだ。
ミミ　イデちゃん、いつもこの洞窟へ来てキノコとってきてたのね？
花柳　こんなにたくさんあるんなら、毎晩毎晩出てくるわけよね。ははは。
ミミ　あはは。
柿沼　こいつだ。こいつのせいなんだ……。
花柳　え？　なに？
柿沼　僕たちが、異常に暗示にかかりやすくなったり、幻覚を信じ込んだりするのは、このキノコのせいなんだ。
花柳　ミミちゃん、かっちゃん、何言ってるの？
ミミ　さあ……。
柿沼　見たことがあるぞ……。マヤインディアンなんかが神がかりになるときに使ってたマジック・マッシュルームにそっくりだ。たしかシロシピンっていう幻覚成分が入ってるんだ。

花柳　かっちゃんって、藤堂くんみたい。

ミミ　こどものくせに物知りなんだあ。

柿沼　こどもじゃないよ。

ミミ&花柳　え？　なに？

柿沼　忘れちゃったのかい？……こどもじゃないんだよ、僕たちは。

花柳　うふふふ。

ミミ　うふふふ。

柿沼　どうしたんだよ。

花柳　だって、かっちゃん、背伸びしてるんだもん。

ミミ　そ。こどものくせに、私たちレディを守ろうとして大人ぶってるのね。

二人　かっちゃん、かわい～い！

柿沼　ちがうーっ！

花柳　ムキになってる。ね？

ミミ　かわいいわね。クフッ。

柿沼　あ……思い出してきたぞ。MMM療法。こどもに返って、管理ストレスのないこども時代を追体験するんだ。はっ……社長は……三友社長はどこだ。

花柳　三友社長って……みっちゃんのことかしら。

ミミ　そういえば、みっちゃんどうなったんだろ。お風呂で溺れたまんま。
花柳　みっちゃん、意地悪で、いっつもかっちゃんのおかずを横取りして。
柿沼　それだっ。
二人　え？
柿沼　社長はいつも私の食事を横取りしていた。だから私はこの幻覚性のキノコの摂取量が少かったんだ。だから早くめざめた。
ミミ　いやだ。かっちゃん何言ってるの？
花柳　かっちゃん、キチガイみたい。
ミミ　山田のおじさんみたい。
柿沼　何言ってるんだ。まだわからないのか山田のおじさんなんて、もともといないんだよ。このキノコのせいで異常に鋭くなった僕たちの空想力が生み出した幻覚なんだよっ。
花柳　そんなことない。いるもん、山田のおじさん。
柿沼　いないよっ、幻覚なんだよっ、僕たちの思い込みなんだよ。
花柳　いなくたって幻覚だって思い込みだって、山田のおじさんだもん。
ミミ　そ。幻覚だって、人は殺せるもん。
柿沼　ランちゃん、ミミちゃん、しっかりするんだ。僕たちのうち、誰か一人でも山田のおじさんを信じたら、山田のおじさんはいることになっちゃうんだよ。
花柳　あたしだって信じたくないわよ。でも。

ミミ　でもねえ。

ブーンとチェーンソウの音、下手から。ピチャピチャと水を踏んでくる足音。

山田　よろしいですかあ？　よろしいですかあ？
花柳　きたっ、どうしよう。
ミミ　山田のおじさんだっ。
柿沼　だめだよっ、信じるんじゃないっ。

洞窟の入口の光を背に、山田のおじさんのシルエット。

山田　よろしいですかあ？　よろしいですかあ？
ミミ&花柳　きゃあっ。

柿沼のうしろに逃げ込み、

花柳　かっちゃん、助けてっ！
柿沼　か……柿沼貞三、四十二歳。三友商事秘書室長。横浜生まれ。

山田　よろしいですかあ？　よろしいですかあ？

柿沼　昭和四十五年日体大卒、空手二段、合気道二段、起倒流柔術師範免許、普通免許、大型四輪免許取得。

山田　よろしいですかあ？　よろしいですかあ？

柿沼　日体大卒業後三友商事入社、秘書室勤務。三友商事始まって以来、三十代にして秘書室長となるっ！

山田　よろしいですかあ？

柿沼　よろしくないっ！

足刀を入れ、山田のチェーンソウを叩き落とす。正拳突き十連発から後ろ回し蹴り。山田、吹っとぶ。白煙。

ミミ&花柳　やったあ。かっちゃん、勝ったあっ！

柿沼　ふう、ふう、やったぞ、ざまあみろ。

花柳　山田のおじさん、でもほんとにもういないの？

柿沼　だめだっ！　そんなこと考えちゃ。

ミミ　あーっ！

煙の中から山田、ぬーっと起き上がってくる。おどけた仕草で。

山田　よろしいですかあ？　よろしいですかあ？
ミミ　いやあーっ！
柿沼　柿沼貞三、四十二歳、入社以来一切の自我を捨てる。柿沼貞三、四十二歳、毎夜、入眠前の一時間、木槌で頭を叩く。

山田の首をつかみ、頭突きを入れる。

柿沼　ゴンッゴンッゴンッ、痛い。痛いのやめると気持ちいい。
山田　何をしている。私は痛くもかゆくもないぞ。
柿沼　ゴンッゴンッゴンッ、痛い。痛いのやめると気持ちいい。
山田　はは、キチガイかお前は。
柿沼　ゴンッゴンッゴンッ、むちゃくちゃ痛い。痛いのやめると気持ちいい。
山田　ははは、たしかに、いい気持ちだ。もっとやってくれ。
柿沼　ゴンッゴンッゴンッ、痛いっ痛いっ！
山田　はっははは、もっとだ、もっとだ。
柿沼　痛いのやめると……気持ちいいことなんかあるかあっ！　俺は痛い。俺はここにいるぞ。俺は痛いんだ。お前はどうして痛くない？　いないからだぁっ！

バキッと最後の頭突き。

山田　うがああっ!!

白煙に包まれて、影も形もなくなる。

ミミ&花柳　やったあっ。

白煙の中から医師、看護婦、藤堂、社長。

柿沼　みっちゃん。

社長　かっちゃん。

花柳　藤堂くん。

藤堂　ランちゃん。ミミちゃん。

ミミ　かっちゃん。

社長　柿沼。

柿沼　社長。

全員抱き合って、フィナーレのダンスへ。

ベイビーさん～あるいは笑う
曲馬団について

登場人物

少年《ボーズ》
カタカタさん
ママさん
ドードーさん（堂山中尉）
チカラさん
ゾウさん
タズマさん
飯たきババ
ピエロさん

李兄弟
八代大佐
内海少尉
兵A
　B
　C
ベイビーさん

派手なところは派手に。あとは、淡彩画のように、ごく短いシークェンスと暗転でつむいでいきたいと思います。

スライド　『昭和六年　満州・奉天《ほうてん》』

李香蘭「何日君再来《ホーリーチンツァイライ》」静かに流れる。

♪忘れられない　あのおもかげよ
ともしびゆれる　この霧の中
ふたり並んで　寄りそいながら
ささやきも　ほほえみも
楽しくとけあい　過したあの日
ああ　いとし君　いつ又帰る

何日君再来

歌にかぶさって銃声、機銃、爆弾音。

二人の軍人、弾雨の中を走り込んでくる。堂山中尉と八代《やしろ》少尉。八代は足にケガをしており、縛った布に血がにじんでいる。その八代を堂山中尉は肩を貸して歩かせている。

堂山 塹壕《ざんごう》だ。八代、飛び込むぞ。

八代 はいっ。

二人、塹壕に身を伏せる。息が荒い。

八代 中尉どの。

堂山 何だ。

八代 この足では自分はもう駄目であります。堂山中尉どのお一人で連隊本部へ戻ってください。

堂山 八代少尉。

八代 はい。

堂山　おれはお前のそういう嘘くさい性格が嫌いなんだ。生きたけりゃ、なぜ素直にそう言わん。
八代　はい、申し訳ありません。
堂山　コロコロすぐ転んであやまるな。
八代　はいっ。
堂山　八代、戦陣訓をいっちょ、がなってみろ。
八代　はいっ、〝夫《そ》れ、戦陣は大命に基《もとづ》き、皇軍の神髄を発揮し、攻めむれば必ず取り、戦へば必ず勝ち、遍《あまね》く皇道を宣布し、敵をして仰いで御稜威《ごりょうい》の尊厳を感銘せしむるところなりっ〟。
堂山　八代。
八代　はいっ。
堂山　パチキッ。

八代に頭突きを入れる。ゴンと音。

八代　いてててて。これは痛い。何をなさるんでありますか。
堂山　八代。おれはお前のその小利口なとこが疳《かん》にさわるんだよ。なんでそんなもの覚えられるんだ。戦陣訓なんざ覚える奴はただのオウム野郎だよ。蒋介石の国民軍は、そん

八代　な阿呆なことやっとらんぞ。

堂山　は。だから、強いんですかねえ。

八代　へ？

堂山　強いですねえ、蒋介石の兵隊は。

八代　あたり前じゃないか。自分の国をこうやって関東軍に土足で踏まれてんだぞ。強くならなくてどうする。

堂山　中尉どの、いいんですか、そんなことおっしゃって。

八代　かまうもんか。……ほう、八代。もう、たんこぶになってきとるな。

堂山　あ。ほんとうですね。

八代　痛かったか。

堂山　はい。めっさ痛かったであります。

八代　おれはな、石頭なんだ。なんせ、石屋のせがれだからな。

堂山　石屋ですか。

八代　堂山石材店っていってな。ガキの頃から墓石相手に頭突きのけいこだ。固くもなるさ。

堂山　はは。

八代　はは。

堂山　お前のところは何屋だ。

八代　は。豆腐屋であります。

堂山　豆腐屋か。それでそんなにブヨブヨしてんだな。性格がな。
八代　ブヨブヨ……。
堂山　ま、中尉だ少尉だって、えばっててもな、国へ帰れば石屋に豆腐屋だ。軍人なんてそんなもんさ。
八代　は。
堂山　日本へ……帰りたいか。
八代　い、いや。自分は皇大御国《すめらみくに》の兵として、この満蒙に王族共和の大御心《おおみこころ》を。
堂山　パチキもっぱつ入れてやろうかっ。
八代　はっ、もう言いません。
堂山　どうなんだ。日本へ生きて帰りたかないか。待ってる娘がいるんじゃないのか。
八代　か……か……か……かな子ぉ〜っ！（急に泣き出す）。
堂山　急にどうした。何だ、そのかな子ってのは。
八代　国に残してきた自分の許嫁《いいなずけ》であります。こんな塹壕の中で死ぬのなら、早く結婚して一発やっとくんだった。

堂山　たまに本音をいうと、ものすごいな、おまえは。
八代　中尉どの。自分は、いつも肌身離さずかな子の写真を持っとるんであります。
堂山　どれ見せてみろ。
八代　いやですよ中尉どの。

堂山　いいから見せてみ（むりに写真を奪いとって、一目見たとたん、ぶほっと吹き出す）ぶふっ！　こ……これが、おまえの……くくく……許嫁……くく……か。（必死で笑いをこらえている）くくく……八代。
八代　どうかなすったんですか、堂山中尉どの。
堂山　くっくく……そろそろ……行くぞ……くく……砲撃がおさまってきた……ぷぷ。
八代　はいっ。
堂山　おれにつかまれ。……ぷぷ。
八代　はいっ。
堂山　（塹壕を出て）よおし、行くぞお。せえのっ、わぁっはっはっはっはっは。わぁっはっはっはっは。わぁ〜っはっはっはっはっは。

ヒューンと爆弾の落下音。

堂山　しまった。伏せろっ。

爆裂音。

八代　（声）中尉どのおっ！

スライド『それから十年。昭和十六年、満州、新京』

曲馬団の面々。輪《リング》や玉、一輪車もにぎやかに「私の青空」を歌い踊る。それを端で視察している内海少尉と兵A・B・C

♪夕暮れに　あおぎ見る
かがやく　あおぞら
日が暮れて　たどるは
我家の　ほそみち

せまいながらも楽しいわがや
愛の光のさすところ

こいしい　家こそ
わたしの　青空

にこやかに踊る一同。綱渡りのカタカタさん、怪力男のチカラさん、猛獣使いのゾウさん、くずの葉芸の〝ママさん〟、ピエロさん、玉乗り見習いの玉ちゃん、カンフー芸の李さん兄弟。片目の手品師タズマさん。

歌終わる。

ママ　どうかね、少尉さん。今のがフィナーレだよ。
内海　フィナーレ？　敵性語を使うんじゃない。
ママ　じゃ、どう言うかね。
内海　フィナーレは、大団円だ。
ママ　敵性語って言われてもなあ。うちはサーカスじゃけん。
内海　サーカスではない、曲馬団だ。
カタカタさん（以下カタ）　じゃ、ライオンはどう呼ぶかね。
内海　獅子だ。
玉ちゃん　アクロバットは。
内海　曲芸だ。
ピエロ　ピエロは。
内海　道化だ。
ゾウ　じゃ、象は？

内海　象？　象はエレファントだ！……ん？
ピエロ　ありゃりゃ、さかさま。

一同笑う。ほがらか。

内海　きさまら、軍人をコケにするのか。兵の慰問のためであっても、こんな不届きな曲馬団は許可せんぞ。
ママ　ごめんなさいねえ、少尉さん。うちの連中はね、よく笑うんだよ。そうとんがらんでおくれよ。
玉　少尉さん、素敵い。りりしいわあっ。
内海　うるさいっ。歌舞音曲は仕方がないが、内容が軟弱である。もうすぐ、八代大佐どのも検問に来られるのだ。ジャズなんぞ、やっておっては認可はおりんぞ。
カタ　じゃ、どうすりゃいいべさ。
内海　もっとこう、兵の士気をば高揚させるようなものにしろ。
ママ　たとえば？
内海　たとえば、そうさな。（兵A・B・Cに向かって）おまえら、ちっといい喉を聞かせてやれ。
兵A・B・C　はいっ、少尉どの。

内海　♪金鵄《きんし》輝く日本の　栄《は》えある光
身に受けて　いまこそ祝へこの朝《あした》
紀元は二六〇〇年　ああ一億の
胸はなる

カタ　うむ

内海　やれやれ、兵隊さんは歌がうまぐねえべさ。

ママ　なにおっ!?

カタ　じゃ、仕方ない。〝となり組〟でもやるかね。

全員　そうさな。あれならまだ陽気だで。せえのっ！
♪とんとんとんからりんと隣組
格子を開ければ顔なじみ
まわしてちょうだい回覧板
知らせられたり知らせたり

そこへ上手から下手へ少年《ボーズ》、必死で走って抜ける。手にサツマイモ。あとからおたまを持って追いかける飯たきのババ。下手へ。

一同　ん？（気をとり直して）

♪……とんとんからりんと隣組
あれこれ面倒みそしょう油
ご飯の炊き方垣根ごし
教えられたり教えたり

下手より拍手。八代大佐あらわれる。昇進してすっかり立派になっている。はっと敬礼する内海、兵A・B・C。

八代　なかなか元気があって悪くない。

内海　八代大佐どのっ。

八代　元へ。ははは、この前戦で〝とんからりん〟でもあるまいが、慰問が来るのは久しぶりだ。ひとつ、兵たちを楽しませてやってくれ。

ママ　はい、大佐どの。うちら頑張るけん。

八代　ただしっ。楽しませ過ぎてはならんぞ。ほどほどでよい。兵の中には、国に残した恋人の写真をば懐中に護持しておるような不心得ものもおるっ。

兵A・B・C、一瞬ギョッとなる。

八代　そういう者に望郷の念を起こさせるような演《だ》し物は一切、許さんぞ。

上手から下手へ、またボーズとババ走り抜ける。

一同　ん？

八代　で、他にどういう演し物があるのか。

カタ　へ。葛の葉、二丁ブランコ、大一丁、回転ばしごにくだけばしご。ま、たいていの曲芸はやってますんでさ。

八代　曲芸のできる人間が、なぜ兵隊にならん。

一同　（笑う）

内海　何がおかしいっ。

ママ　だってさ。あたしたちゃぽんこつの集まりじゃけんねえ。とっても戦《いくさ》のできるような手合いじゃないんですよう。たとえばこの人。カタカタさんっていうんですけどね。ほら、この通り。

ママ、カタカタさんの肩を叩く。ぽこんと肩がはずれる。

ママ　ちょっと叩くとこの通り。

カタ　はらほろひれはれ。

ママ　体中、骨が外れちゃうんですよ。　ほら。

カタ　はらほろひれはれ。

ママ、カタカタさんの骨を治してやりながら、

ママ　昔はこれでも、大一丁ブランコの名人だったがね。三度四度と落っこちるうちに、いまじゃこのざまですよう。

八代　名人がなぜ落ちる。

カタ　そりゃその。猿も木から落ちるってやつで。

一同　（笑う）

カタ　ほかの連中も似たり寄ったりの傷もんでさ。戦《いくさ》なんか行ったら味方を射っちゃうよう。

一同　（笑う）

内海　ええい、げらげら笑うなっ。

八代　まあいい。曲芸ばかりか？　動物はおらんのか。

カタ　いんや。ゾウもライオンもトラもいるよ。

聞いている八代の尻を、象の鼻がつつく。

八代　あん。

ばっふぉ～んとすごい音。

八代　伏せろっ、敵襲だ！（伏せる兵たち）
一同　（笑う）
カタ　そうでねえ。今のはゾウのおならだ。
八代　なに、象の？
カタ　ほれ、大佐どののうしろにいるっぺ。ハナちゃんや、あいさつせんか。

象、鼻を振り、吠えてあいさつ。

八代　そ……それにしても大きなものだな。
ゾウ　そりゃ、ゾウだからね。
八代　きさまが調教師か。
ゾウ　そうだよ。
八代　ちっとは象に礼儀を教えておけ。臭くてたまらんぞ。屁などこかすな。

ゾウ　屁え。
一同　（笑う）
八代　これほどでかいと、よく喰うんだろうな。
ゾウ　エサかね。
八代　何を喰うのだ、こいつは。
ゾウ　そうねえ。じゃがいも、さつまいも、リンゴに白菜。おからも好きだなあ。
八代　ほう。
ゾウ　一日四十キロくらいは喰うかねえ。
八代　そうか。この非常時。日本では代用食といって、民間人はウマゴヤシ、オオバコ、イタドリなんぞの雑草を食っておる。
ゾウ　へえ。
八代　そこへいくと、象はいいなあ。象は。
ママ　（あわてて）あ……あの、大佐どの。動物っても、大喰らいばっかじゃないんで。エサを喰わないのもいるんですよ。
内海　なに？　エサを喰わん動物なんぞがいるものか。
ママ　ゾウさん。ベイビーさんを連れてきてお見せしとくれよ。
ゾウ　あいよっ。

ゾウ下手へ。入れかわりにまたボーズとババ走り抜ける。

後方より、ゾウさんにひかれてベイビーさん登場。光に包まれているベイビーさん、吠えて後ろ足で耳を掻く。不定形に目とヒゲのある変な生物。

A　なんじゃいこれは。
B　でっかいライオンだの。
C　ばかか、おまえは。こりゃ、シマウマだあな。
A　おまえたち、イノシシ見たことないのか。
内海　私語をつつしめっ。仔熊一匹ごときで動揺してどうする。
ABC　へ？
八代　この動物がエサを喰わんのか。
ゾウ　喰わねえよ。
八代　なぜ生きとる。
ゾウ　わかんね。こいつは変な奴でね。チチハルの荒野で拾ったさ。まだ赤ちゃんなんだよ。母親の死体にすがって、ぴーぴー泣いてたよ。哀れなんで連れて帰《けえ》ってきたが、この半年、エサを喰うのを見たことがない。
八代　そんな破天荒な話があるか。

ママ　旦那。獏って獣は人の夢喰うっていうよ。ベイビーさんは、なんか人の心でも喰ってんじゃないかね。
八代　人の心を？　トラがか？
一同　トラ？
八代　これがトラでなくて何だというのだ。
カタ　そりゃま……ベイビーさん……で。
一同　（笑う）
八代　（むっとして）ともかく、あまりくだらん演《だ》し物《もの》をするんじゃないぞ。初日以降、この内海少尉をつけて監視させるからな。いくぞ。

兵たち去る。団員たちも見送りに出て去る。上手よりボーズとババ。ボーズ、とうとう捕まってしまう。

ボーズ　えい、ちくしょう、放せっ。
ババ　はあはあ。なんてはしっこいガキだ。あたしゃサーカスの勝手知ってるからつかまえたが。さ、イモを返しな。
ボーズ　おれは死ぬほど腹ペコなんだ。撫順《ぶじゅん》から新京まで満鉄の中で水だけ飲んだ。イモの一個くらいいいじゃないか。

ババ　やかましいっ！　あたしゃね、飯たきおババって呼ばれて十年。このサーカスの煮炊きはあたしが預かってんだ。芸人たちの大事な食べものなんだ。チンパンジーにやるイモはあっても、浮浪児になんかイモのヘタひとつやるもんか。

ボーズ　えい。ケチ！　ケチババア。こんなサーカス、お前の料理でチフスんなって、みんな死んじまえ。

ババ　な・ん・だ・と・お？　このボーズ。

にじり寄るババ。二人にらみあい。下手よりカタカタさん、チカラさん、タズマさん。

カタ　おいおい。ババ。どうしたね。さっきからそのボーズとなに遊んでんだ。

ババ　遊んでんじゃないよ。イモ泥棒だよっ。

カタ　イモ泥棒？　ボーズ。何日喰ってないんだ。

ボーズ、黙って三本、指を出す。

カタ　そうか。じゃ、そのイモはおれたちのおやつのふかしイモだが、おらちの分おめにやるっぺや。

ババ　だめよお、カタカタさん。そんな子にかまっちゃ。浮浪児なんだから。

カタ　いいから、いいから。ババは飯場にすっ込んでな。
ババ　もうっ。メシの盛り少くしてやるからねっ。

ババ、上手へ去る。

ボーズ　おじさん、ありがとっ。

ボーズ、カタカタさんの肩を叩く。骨がはずれる。

カタ　はらほろひれはれ。

タズマ、チカラさん、あわてて治す。ボーズ、かまわず、激しくイモを喰う。

カタ　ゆっくり喰えや。イモ喉に詰めて死ぬっちゃ、おめ、最低の死に方だぞ。
ボーズ　うるさいなあ。横でごちゃごちゃ言うなよ。
カタ　どっから来た。
ボーズ　撫順。
カタ　親はどうした。

ボーズ　死んだよ。満蒙開拓で撫順の炭坑に入ってたんだ。でっかい落盤があって、おやじもおふくろも一発だ。あっははは。
タズマ　（食べ終わった坊主に、マジックでハンケチを出し）で、どうして新京まできたの？
ボーズ　わっ！
チカラ　ジュースはどうだ？（リンゴを出して握力でジュースにする）
ボーズ　げっ。
タズマ　（また何か手品をして見せ）新京にきてどうするつもりだったの？
ボーズ　て……天涯孤独の身なんだから、こうなったら馬賊にでもはいろうと思ってさ。
一同　（笑う）
タズマ　やっぱり三人だと笑っても迫力ないわねえ。
ボーズ　何がおかしいんだよ。
タズマ　そうねえ。あんた、馬賊はいるより、幼稚園にはいりなおしたら。
ボーズ　なんだと？
カタ　日本人の馬賊っていや、小天竜こと松本要之助、伊達順之助は伊達正宗の子孫でピストルの名人だ。天鬼将軍っていわれた薄益三。女馬賊なら満州お菊。女や馬はいるけんども。
チカラ　子供の馬賊ってのは聞かんのお。
一同　（笑う）

カタ　で、その馬賊さんが、なんでわざわざサーカスのイモを盗みにきた。
ボーズ　それは……。
カタ　どしたい。
ボーズ　サーカスなら馬が見られると思って。
チカラ　馬？
ボーズ　だから、おれは馬が好きなのっ。
タズマ　まあ、それで馬賊ってわけね。
ボーズ　そりゃ……馬がいるならサーカスでもいいけどさ。馬賊でなくても。はいってやってもいいけどさ。
カタ　あのな、ボーズ。サーカスをなめんじゃねえぞ。なんの芸もないみなし児を喰わしてやるほど余っちゃいないんだ。
ボーズ　芸なんて、覚えりゃいいじゃないか。おれは身体は軽いんだ。
カタ　ほう、そうかい。よし、じゃ、こうするっぺ。いまから一週間以内に一輪車に乗れるようになったら、ここに置いてやるよ。
ボーズ　ほんとかっ？
カタ　ピエロさんについて習いな。むずかしいぞ。一輪は。
ボーズ　乗るよ。絶対乗るよ。
カタ　そのかわり、乗れなかったら出てくんだぞ。

ボーズ　わかった。……おじさんがここの団長？
カタ　いや、おらは後見《こうけん》っつって、ただの裏方だ。団長はほかにいる。そっちが手品師のタズマさん。怪力男のチカラさん。おれのことはカタカタさんって呼びな。
ボーズ　うん。

下手よりベイビーさんを連れたゾウさん。

ゾウ　おおい。おやつはまだかな。
ボーズ　わ！
カタ　心配いらねえ。ベイビーさんだ。噛みゃしないよ。
ボーズ　（ベイビーさんをじっと見て）……きれいな……馬。

李香蘭「心曲（ライムライト）」

ベイビーさんと楽しそうにたわむれあっているボーズと玉ちゃん。ベイビーさんはじゃれかかったり甘えたり変な格好をしたり。

二人　あはははは。

ボーズ　玉ちゃんにはベイビーさん、何に見える？
玉　え？　ウサギよ、ベイビーさんって。
ボーズ　こんなでかいウサギはいない。これは馬だよ。
玉　そうかしら。ま、何でもいいや。どっちにせよ、ベイビーさんなんだから。
ボーズ　それもそうか。ね、玉ちゃんはどうしてここにはいったの。
玉　あたしはね、孤児なのよ。おじさんちにしばらくいたんだけど、ま、やっかい払いね。売られてきたのよ。
ボーズ　ふうん。ここにいる三人はみんな孤児なんだ、ははは。
玉　でも、売られてきてよかった。
ボーズ　どうして？
玉　ここ、変なサーカスよ。でも慣れれば悪いとこじゃない。

下手よりピエロさん。一升壜を手に。

ピエロ　こっらあ！　何、油売っとるんや、どあほ。
ボーズ　あっ。
ピエロ　なんで一輪をやらへんのや。
ボーズ　すんません。

ピエロ　ベイビーさんも玉ちゃんも、邪魔やからあっちゃいけ。
玉　はあい。

玉、ベイビーさん、去る。ベイビーさん、すれちがいざま、ピエロさんを蹴っていく。

ピエロ　いたたた。何をするんや。ほんまにしょうのないオオアリクイやで。
ボーズ　オオアリクイ？
ピエロ　おい、ボーズ。わしはな、どうでもええんやで。おまえがけいこしようとしよまいと。ははあ。おまえ、七日間ここにおってタダ飯食《く》て逃げよと思てるな。
ボーズ　そ、そんなことないですよ。一輪車、乗りたいです。
ピエロ　なら、ぼーっとしてんと乗らんかい。

ボーズ、乗ってみるがまったく走れず転んでしまう。

ボーズ　いててて。
ピエロ　どあほ。いきなり走ってどうする。最初はこうやって、ものにつかまって乗って降りて、乗って降りて。そのけいこや。その次はアジャストや。
ボーズ　アジャスト？

ピエロ　こうや。

ピエロさん、ボーズの体をつかみ、手取り足取り教える。

ピエロ　こうして、車輪を前に四半分、うしろに四半分。バランスとるけいこや。これがかっこうついてからや、走るのは。
ボーズ　ピエロさん。
ピエロ　なんや。
ボーズ　酒臭い。
ピエロ　（ボーズの頭をはたいて）どあほっ！　わしはな、付け鼻とっても（赤い付け鼻を取ってみせる）ほれ。えろう変わらんのや。
ボーズ　鼻おとしたとき便利だね。
ピエロ　どあほどあほっ！　人を梅毒持ちみたいに言いさらすな。わいの持ってんのは淋病だけじゃ。
ボーズ　げげっ。
ピエロ　この酒を一日一升。七日で七升。七升飲み終わったときには、おまえは一輪乗れるようになっとる。
ボーズ　ほんとに？

ピエロ　ピエロ嘘つかない。鐘もつかない餅もつかない。運もつかない涙のクラウン。
ボーズ　ぷっ。
ピエロ　ときどき見にくるからな。サボるんやないで。
ボーズ　はいっ。

ジングル。ピエロさん去る。ボーズは一人でけいこ。
そこへ団長ドードーさんはいってくる。
こういう人である。↓

ボーズの背後に忍び寄り、くんくんと匂いをかぐ。

ドードー　くんくん。くんくん。
ボーズ　ん?……ん?…………ん?　わあっ。

ドードー、匂いに納得してうれしそうに、

ドードー　ゆあ～ん。
ボーズ　わ。寄るな。

手で追い払うと、ドードーのシルクハットが落っこちてしまう。ドードー、悲しそうに。

ドードー　ゆよ～ん。ゆよ～ん。

ボーズ　あ……。わかったよ。帽子をかぶせりゃいいんだな。

かぶせてやる。ドードー、喜んで。

ドードー　ゆあ～ん。

ボーズ　うれしいの？

ドードー、首をふってうなずくと、また帽子が落ちてしまう。哀し気に。

ドードー　ゆよ～ん。

ボーズ　えい、もう、わかったよ。はいはい（かぶせてやる）。

ドードー　ゆあ～ん。

上手よりママ。

ママ　あら、団長。こんなとこにおらっしゃったかね。
ボーズ　団長!?
ママ　ああ。団長のドードーさんだよ。
ボーズ　この人が団長なんですか？
ママ　ん？　ドードーが団長じゃ、おかしいかい。
ボーズ　〝ドードー〟って？
ママ　インド洋のモーリシャス島で、三百年前に絶滅した鳥だがね。団長は十年前に奉天の近くで爆弾喰らってね。それ以来、人間も戦争もいやんなって、ドードーになっちゃったのさ。
ドードー　ゆあ〜ん。
ママ　もとは堂山っていって、中尉までいった軍人さんなんだけどね。今じゃ堂山やめてドードーさ。
ボーズ　はあ。
ママ　戦争やめますか、それとも人間やめますか。ドードーどうどすか、ってなもんだ。
ドードー　ゆあ〜ん。
ママ　うれしいときとかは〝ゆあ〜ん〟って言うのよ。いやなときは〝ゆよ〜ん〟だ。

ドードー　ゆあ〜ん。
ママ　満州国で一番エッチな地名。チチハルッ！（乳房を誇示する）。
ドードー　ゆあ〜んゆあ〜ん。
ママ　それ見て男たちゃハルピンっ！
ドードー　ゆあ〜んゆあ〜ん。
ママ　三八式村田銃！
ドードー　ゆよ〜ん（しおれる）。
ママ　ほら。ね？　おもしろいだろ。
ボーズ　いいんですか、こんなのが団長で。
ママ　どうして。団長はいい人……いや、いいドードーだよ。このサーカスも団長が作ったんだから。
ドードー　ゆあ〜ん。
ママ　さ、団長。そろそろご飯だから飯たきババのとこにいこうね。今日のおかずは肉うどんだよ。
ドードー　ゆあ〜ん。
ママ　肉っていっても、昨日病気で死んだアシカの肉だけどね。
ドードー　ゆよ〜ん、ゆよ〜ん。
ママ　はは。嘘だよ。

二人、去る。

ボーズ　おれ、やっぱりここにはいるのやめようかな。

一人、黙々と一輪車のけいこ。

ジンタ「天然の美」

中央でチカラさん、でかいバーベルに玉ちゃんとピエロをのせて持ち上げている。

ゾウ　さあて、満場のつわものどもよごろうじろ。関羽張飛も裸足で逃げるという、大和ますらおのこの怪力だ。

拍手。チカラさん去る。

ゾウ　しかしまた、五族共和王道楽土の旗のもと、支那人にだって命がけの芸があるよ。かの講道館は嘉納治五郎だってこのカンフーに勝てるかどうか。双葉山だって危いよ。

内海　刮目《かつもく》して見られよ。中国拳法の妙技の数々。李兄弟だっ。

李兄弟、棍、剣、ヌンチャクなどの妙技を披露。

内海　中止っ！

一瞬シーンとなる。

ゾウ　なにか不都合がありやしたか。
内海　不都合も何もあるかっ。かりにも皇大御国《すめらみくに》の国技たる相撲、それに柔道をもってして、支那人の拳法ごときに比するとは何ごとであるかっ。この演目、中止っ！
ゾウ　へ……。わかりやした。じゃ、ぶっそうなもなあ引っ込めて。
玉　いいじゃない。やらせなよ、少尉さんのケチッ。（高場から声）
内海　なに？
ゾウ　まあま、玉ちゃん。芸もできない半玉はすっ込んでな。少尉さん、刀ぶら下げてんだから。こわいよ。首斬られるよ。
玉　ふん。こんな細っ首でよけりゃ、いっくらでも斬りゃいいんだ。男のくせして、ぶら下げてるのは刀だけかい。

内海　き、さま……、そこから降りてこいっ。
玉　少尉さんが昇ってきたら？
内海　よしっ、昇ってやる。
ゾウ　あぶないからよしなさいって。素人に昇れるもんじゃないんだ。
内海　うう。あの小娘。ちょっと可愛いからと思って軍人を小馬鹿にしおって。
ゾウ　え？
内海　うるさいっ、何でもない。演技続行！
ゾウ　へ。じゃ、いよいよ大一番。恋しくは、たずねきてみよ恨み葛の葉。ママさん十八番の「葛の葉」だあっ。

ママさん、葛の葉の芸。高い所で。走ってきてうっとりと見上げているカタカタさん。追ってくるピエロさん、タズマさん。

カタ　ちっくしょう。やっぱりママの葛の葉は日本一だよ。おらも、もっぺんやるっぺよ。大一丁のブランコをよ。
タズマ　ばか言ってんじゃないわよ、その体で。
カタ　いいや。おれはもっぺん、あの天幕あたりから下界を見おろしてやる。
タズマ　頭、おかしんじゃないの。

パシッと叩くと、カタカタさんの骨がぽろり。

カタ　はらほろひれはれ。

ピエロ　いつまで昔の夢見てけつかんねん。

パシッ。

カタ　はらほろひれはれ。

ピエロ　……。おもろいな、これ。

タズマ　おもちゃみたいね。すぐこわれるとこが。

二人してパシパシ叩くと、カタカタさんは形がなくなってしまう。

カタ　はらほろひれはれ。

一方でゾウさんの司会。

ゾウ　さて、会心の葛の葉、お目に止まれば倍旧の拍手で迎えてやってくらはい。さもないと、あの高い所から、ママさん降りとうない、と駄々をこねております。

大拍手。

ゾウ　ありがとうございます。ありがとうございます。

ジンタ盛り上がる。

風の音。

ぽつんと一人、天幕を見上げている内海少尉。上手より玉ちゃん。丼を盆にのせて持ってくる。

玉　少尉さん。
内海　ん？　ああ、君か。
玉　ワンタンをお持ちしました。
内海　ああ。そりゃ、ご馳走だ。満州は寒くて毎日骨が痛む。
玉　少尉さん、あったかいとこのお生まれなの？

内海　（ワンタンをうまそうに啜りつつ）ああ。和歌山だ。自分は網元の息子だ。
玉　そう。……ね、少尉さん。
内海　なにかね。
玉　昼間はごめんなさいね。
内海　ああ、あのことか。いや、こちらこそ女子供を相手に激昂して、部下の前で醜態をさらした。まだまだ若い。
玉　少尉さんは、お若いの？
内海　数えで二十六だ。
玉　お嫁さんは？
内海　おらん。
玉　やっりぃ〜！
内海　ん、何かね。
玉　少尉さんは、どうしていっつもしゃっちょこばってんの？
内海　自分が？　しゃちほこばっとるように、君には見えるか。
玉　うん。
内海　いいかね、お嬢さん。
玉　きゃっ。
内海　どうした。

玉　お嬢さんなんて言われたの、初めて。
内海　う……うん。そうか。とにかく、いまは尋常のときにあらず。非常時なのだ。ことにここ数年は、この満州を発火点に、いつ列国同士、世界大戦になってもおかしくない状況だ。そんな中で、たとえ芸人の慰問といえども、士気を低下させるようなものを認めるわけにはいかん。
玉　かわいそう。
内海　なにがだね。
玉　たまには兵隊さんも笑わないと。うちのサーカスの人がいっつも笑ってるように。
内海　笑いながら戦争はできん。軍人はな、片頬十年といって、十年に一度、片っぽの頬をぴくんとさせて笑うくらいでいいのだ。
玉　ふうん、そうなの。……少尉さん？
内海　うむ。
玉　（おっぱいを持ち上げて）チチハルッ。
内海　（がまんしているものの、ついにぷほっと笑う）
玉　いまので両頬。二十年ね。笑うと可愛いじゃない。
内海　卑怯な攻撃だ。
玉　卑怯でも、勝ちゃあいいのよ。
内海　それはそうかもしれん。蔣介石の国民軍の手口だ。

玉　兵隊さんは、毎日おもしろいのかしら。固い村田銃ばっかり抱いてて。
内海　不穏当な発言は許さんぞ。
玉　少尉さんは、女の子の柔らかい身体を知らないの？
内海　自分には、銃と手榴弾で十分だ。固くて冷たくて何が悪い。
玉　スパイかなんかにだまされたと思って、あたしとタンゴのひとつも踊ってみたら。
内海　んなことは、教練で習っとらん。
玉　銃砲の撃ち方より簡単よ。ほら。

李香蘭「何日君再来」

ためらいながら、やがてうちとけて踊り出す内海。ムードが盛り上がってきたところへ、ベイビーさんとボーズ。ドードーとママさん。踊りながらはいってくる。玉と内海、キスしようとしたところでベイビーさん、吠える。

内海　わっ！
玉　まっ！
ママ　ほんとに、少尉さんも、すみにおけないね。うちのべっぴんさんに手えつけて。
ボーズ　すみにおけないなら、まんなかに置きゃいいさ。な、ベイビーさん。

ベイビーさん、吠える。

内海　や、自分はその……。

一同　（笑う）

ババ。ピエロ。ボーズ。ボーズは一輪車のけいこ。ピエロはババの鍋から煮込みを肴に一升酒。

ババ　どうしてもやるってのかい。

ピエロ　聞かへんのや、ブランコやるて。

ババ　カタカタさんも、そりゃ昔は大一丁で右に出るもののない名人だったよ。けどねえ。

ピエロ　けどなあ。あの身体じゃなあ。

ババ　落っこちるよ、また。落っこって、今度は命がないよ。

ボーズ、ステンところぶ。

ボーズ　あいてっ。

ピエロ　お前が落っこってどうするんや。

ボーズ　だって。
ピエロ　あと二日やぞ。どあほ。
ボーズ　あと二日でベイビーさんともお別れか。
ピエロ　何言うとんねん、どあほ。性根入れて乗らんかい。ええか。軸と背骨、一本にしてバランスとるんや。
ババ　そいでさあ。なんとか説得できないもんかね。
ピエロ　あいつはな、いったん言い出したら、頑固なんや。岩みたいなやっちゃ。一回だけでええからやってみたい、そう言うて聞かへん。

そこへ、チカラさん、タズマさん、ゾウさんにベイビーさん。

チカラ　あはは。ボーズが頑張っとるよ。
タズマ　若いのに苦労するわね。
ゾウ　一メートルくらい、動けるようになったかい。
ボーズ　外野、うるさいっ。
チカラ　アジャストはずいぶんさまになってるじゃないか。ピエロさん、まだ走れんかね。
ピエロ　走れんな。そいつ、こわがっとるさかい。
チカラ　こわがっとる？　よし。じゃあ、このチカラさんが怪力で支えてやるから、いっちょ

ボーズ　走ってみろ。
チカラ　え？　い……いいよお。
ボーズ　なあに言っとる。さ。手を離してみろ。

チカラさん、うしろから一輪車を支える。

ボーズ　ほんとに、ちゃんと支えててくれよ。

一輪車、立つ。

チカラ　ほおら。ちゃんと立ったじゃないか。
ボーズ　ほんとだ。ピエロさん、立てたよ。
ピエロ　そんなもん、立ったうちにはいるかい。チカラも余計なことすんな。わしの弟子や。
ボーズ　でも、ほら、立ってアジャストできるよ。
ピエロ　どあほが。
ボーズ　チカラさん。ほんとにちゃんと支えててよ。
チカラ　ああ、支えてるよ。
ボーズ　ほんとだよ。前に走ってみるから。

チカラ　大丈夫だ。

下手より、ドードー登場。

ドードー　ゆよ〜ん。

いきなりベイビーさんの尻を蹴る。おどろいたベイビーさん、吠えてチカラさんの尻に噛みつく。

チカラ　わっ。

一輪車から手を離してしまう。ボーズ、それでもすいすいと走り出す。

ボーズ　ほんとだよ。絶対手え離しちゃやだよ。

チカラ　ああ。離しゃしないよ。

ボーズ　ほんとだよ。絶対だよ。

チカラ　ああ、絶対だ。

ボーズ　絶対の。

チカラ　絶対だ。

二人、目と目が合う。ボーズ、自分の足元の一輪車を見て。

ボーズ　……あ。

一同　（笑う）

ピエロ　なんや、もう乗れてしもたんかいな。しょうもない。

ドードー　ゆあ〜ん。

ボーズ　ほんとに乗れてる。すいすい乗れる。

タズマ　これでボーズも、今日からうちの仲間ね。

ボーズ　……よかった。乗れなきゃどうしようかと思ってたんだ。

タズマ　まっ、いじらしいこと言うじゃないの。

ボーズ　だって、おれは三界に家のないみなし児だからな。サーカスにはいれなきゃベイビーさんかっぱらって、馬賊にはいるしかないじゃないか。

ピエロ　おおい。みんな、ちょっときてみい。

ママさん、カタカタさん、玉ちゃん、李兄弟。

ママ　なによ、またお猿さんでも逃げたかね。

ピエロ　そやない。このボーズが変なこと言いよるんや。

ママ　なんて？
ピエロ　自分は、三界に家のないみなし児や、言いよるんや。
ママ　みなし児？　てえと、お父さんもお母さんもいないって、あれかね。
ピエロ　ああ。
ママ　ふうん。そりゃ変だ。熱でもあるんじゃないかね。

ボーズの額に手を当てる。

ボーズ　熱なんかないっ。
ママ　おかしいねえ。お父さんもお母さんもこんなにいっぱいいるじゃないか。
ボーズ　え？
ドードー　ゆあ〜ん。
カタ　おまけに、爺さん婆さん、兄弟に動物たちまでおって、なにがみなし児かね。
ママ　おっかしなこと言う子だよ。
一同　変な子。（笑う）
ゾウ　アシカのエサでも喰って腹こわしてんじゃないか。
一同　（笑う）
チカラ　ああ、つまんねえ。ババ。メシはまだか。

ババ　口あけたらメシメシって。がっつくんじゃないよ。そんなに喰いたきゃ、それこそ象のエサでも失敬してきな。

チカラ　あれもなあ。最近フスマが多くなってうまくねんだよ。

ゾウ　あんた、うちのハナちゃんのエサ、つまみ喰いしてたのかっ。

チカラ　心配すんな。もうあんなまずいもな喰わねえよ。

ゾウ　こいつっ。

一同　（笑いつつ去る）

残ったのはピエロ、ベイビーさん、ボーズ。ボーズ、ベイビーさんを抱きしめて半泣きの風情。ベイビーさん、一声吠える。ピエロは黙々と酒を飲んでいる。

ボーズ　……ピエロさん。

ピエロ　なんや。

ボーズ　いい人だね、ここの人はみんな。

ピエロ　（笑って）ボーズ。世の中にな、悪い人間なんちゅうもんはおらへん。おるのは、まちごうた人間だけや。

ボーズ　たとえば？　内海少尉みたいに？

ピエロ　どあほ。ぼーっとせんと、けいこせんかいっ。

ボーズ　はいっ。

けいこを始める。

バックに日章旗。机。大本営。八代大佐が爪を切っている。下手より内海少尉。敬礼してはいってくる。

内海　内海少尉、参りましたっ！
八代　ああ。二分遅れたな。
内海　申しわけありませんっ。
八代　内海。
内海　はいっ。
八代　どうも爪の色が良くないのだ。
内海　は？
八代　健康な人には必ずあるという、白い半月形がなくなった。
内海　はあ。
八代　この非常時で、営舎の食事も少しずつ質が落ちとる。滋養が足りんのだな、これは。
内海　民間人に比べれば、兵はまだ腹いっぱい喰っております。

八代 内海。
内海 はい。
八代 おまえの意見など、いつ訊いた。
内海 は。申し訳ありません。
八代 おとしのノモンハンでもなあ。露助《ろすけ》の機甲部隊に負けて、関東軍ははらほろひれだ。
内海 は。
八代 やはり、日本人も肉を喰わんといかんな、毛唐のように。
内海 自分はコメとみそで十分であります。
八代 おまえはそれでいいだろう。が、おれは指揮官である。身の養いに気をくばり精をつけねばならない。
内海 はい。
八代 ……トラが喰いたいな。
内海 は？
八代 トラの肉をば喰って一咥必殺の気を養い、憎い蒋介石軍の喉ぶえを噛み裂いてやるのだ。どうだ、内海。
内海 はい。（小さく）……それで勝てるものでしたら。
八代 実はいま、大佐連中で昼食を摂っておって、そういう話になった。満州のトラを喰って、加藤清正もまっつぁおのバイオ戦士となるのだ。な。内海。

内海　は。

八代　不肖この八代がトラ鍋の按配をばすることになった。そこでだ。

内海　……。

八代　おまえがいま監視しておる曲馬団に、ベイビーさんとかいう若いトラがおったな。

内海　え？……あれは。

八代　あのトラを徴収せよ。

内海　しかし。

八代　けしからんではないか。サーカスは。国民がヒエやフスマを喰っとる非常時に、象やサルにリンゴやバナナを与えとる。

内海　それは……動物ですからエサをやらんと死にます。

八代　死ねばいい。象なんかは喰いでがあるぞ。みそでぐつぐつ煮込んでな。ゾウ煮……なんてことをな。

内海　……。

八代　内海。

内海　はい。

八代　おかしかったら腹から笑え。

内海　は。内海少尉、笑います。あはっあはっあはっあへへへへへ。

八代　おまえ、今までに笑った経験がないのか。

内海　は。最近ちっと、習っておるところであります。
八代　そうか。ほどほどに励め。おれもいまのこっけい味を解するに十年かかった。
内海　むずかしいものですね。笑うというのは。
八代　そうだ。皇軍の士官こぞってトラ鍋をつつくのも、これは一種の風流、こっけいである。そこから覇気もおのずと湧いてくる。とにかく、トラをサーカスから調達してこい。
内海　それは……、命令でありますか？
八代　命令だ。関東軍情報本部大佐、八代豆吉の命令だ。
内海　大佐は、豆吉とおっしゃるのですか。
八代　うるさいっ。わがはいの命令はおそれおおくも。

二人直立不動になって。

八代　天皇陛下の命令である。
内海　わかりました。ベイビーさんの肉を、調達してまいります。

一輪車でボーズ、玉ちゃん、ピエロさん、ほか全員、歌ってはなやかに踊る。

『何日君再来』（アップテンポで）

♪忘れられない　あのおもかげよ
ともしびゆれる　この霧の中
ふたり並んで　寄り添いながら
ささやきも　ほほえみも
楽しくとけあい　過したあの日
ああ　いとし君　いつ又帰る
何日君再来

歌おわって全員去る。拍手。

ピエロ　さあて、お次は当サーカスの大一番。恋しくは、たずねきてみよ恨み葛の葉。ママさん十八番の「葛の葉」だあ。

ドラムが鳴る。
ピンスポ。高いところにカタカタさんの姿。

ピエロ　あれ？

ママさん、縛られて、上手よりよろけて出てくる。

ピエロ　ママさん、どないしたんや。
ママ　どないもこないも、さっぱりわやですわ。
ピエロ　あんたまで大阪弁つかわんでええ。
ママ　カタカタさんがさあ、あたしをふんじばって鉄鋼《がね》の上に登っちまったんだよ。
ピエロ　えっ!?
カタ　へっへ。今日のお客さんはもうけもんだ。いまからやりますお目汚《よご》し。大一丁のブランコてえ日本一《ぬっぽんえっ》の曲芸でさあ。

ガネを渡り、ブランコにのる。サーカス団員一同、わらわらと出てきて息を呑んで見守っている。
ドラム、どんと鳴ってカタカタさん落ちかける。

ボーズ　あぶないっ。
ママ　なんの、あぶないことがあるもんか。
ボーズ　だって……。

ママ　じゃ、どうして落ちかけたときにドラムが鳴るかね。

ボーズ　……あ。

ママ　昔とおんなじツボで落っこったふりしてんのさ。あの人も進歩ってもんがないねえ。

カタカタさん、見事に芸を終えて大見栄。大拍手。

そこへ内海以下兵A・B・C登場。

内海　演目中止っ！

一同　え？

ジングル。再び大本営。八代、ビフテキを盛りもりと喰っている。ドードー団長、影の中から現われる。

ドードー　ゆあ〜ん。

八代、フォークをおとし、ナイフをかまえて。

八代　なんだ、きさまは。どこからはいった。支那人の刺客か。
ドードー　……幾時代かがありまして
八代　なに？
ドードー　茶色い戦争ありました
八代　なにを言っとる、きさま。
ドードー　幾時代かがありまして
冬は疾風吹きました

サーカス小屋は高い梁《はり》
そこにひとつのブランコだ
見えるともないブランコだ

（中原中也・詩「サーカス」より引用）

ドードー、八代ににじり寄っていく。あとずさりする八代。

ドードー　頭倒《さか》さに手を垂れて
汚《よご》れ木綿の屋蓋《やね》のもと
ゆあ〜ん　ゆよ〜ん　ゆやゆよん。

八代　わ。寄るな。

ドードー　ゆあ〜ん　ゆよ〜ん　ゆやゆよん。

八代　そこから寄ると、射つぞ。

ドードー　おまえは射撃は下手だ、八代。

八代　なに？　きさま、なにものだ。

ドードー　豆腐屋の息子のくせに、えらくなったもんだ。雪の奉天の荒野を忘れたか。

八代　あ……あなたは。

ドードー　許嫁の、あのぶっさいくなかな子とはどうなった。

八代　もしかして……堂山中尉どのでありますか。

ドードー　昔はな。今では羽根のない鳥、ドードーさんだ。曲馬団の団長さ。鳥のくせにな。

八代　中尉どの。

ドードー　うちのサーカスの、ベイビーさんって獣の肉を喰いたいらしいな、おまえは。

八代　は。あの……トラ鍋をと思いまして。

ドードー　おまえには、あれがトラに見えるか。

八代　は。

ドードー　八代。

八代　は。

ドードー　こわくないからこっちへこい。

八代　は。
ドードー　パチキッ！

いきなり頭突きを入れる。ゴンと音。

八代　あいててて。これは痛い。
ドードー　トラの肉を喰わんと勝てん戦《いくさ》なれば、はなっから支那なんぞへ来るな。なにが八紘一宇だ。何が五族共和だ。そんなもな、八代。
八代　はい。
ドードー　ゆよ～ん、だ。
八代　は。
ドードー　わかるか。
八代　は。何となく。
ドードー　おれはな、おまえのそういう聞いた風な口がシャクなんだ。
八代　は。申し訳ありません。
ドードー　すぐにコロコロ転がってあやまるな。
八代　は。
ドードー　とにかく、うちのサーカス。芸人どもはもちろん、動物たちにしてもだ。縁があって同じひさしのもとに集まったものだ。おまえのくだらんトラ鍋なんぞにはさせん。どうしても喰いたくば虎屋のヨーカンでもかじっておれ。

八代　中尉どの。

ドードー　なんだ。

八代　今のは、ギャグでありますね。笑ってよろしいんですね。

ドードー　笑っていいかどうか、そんなことは自分で考えろ。はい、一、二、三、四、五！

八代　あひょっあひょっあひょっ。

ドードー　ほんとに軍人というのは、笑うのがヘタだな。ともかく、うちのベイビーさんを鍋にして喰おうなどとは、バカのお前でしか考えつけんこった。これぱっかりは、八代。許さんぞ。命令を取り消せ。

八代　は。……しかし……実はもう遅いのであります。

ドードー　なに？

八代　本日の公演後、部下の内海があの獣を肉にさばいて持ってくる手筈になっておるんでありまして。

ドードー　射殺して……肉にしてか。

八代　そうであります。

ドードー　しまった。不覚であった。

八代　今頃、内海は、あれを射殺しておりますよ。どういたしましょう。

ドードー　どうもこうもあるか。八代、ちょっとこい。
八代　はい。
ドードー　パチキッ。

頭突きをいれる。

にじり寄る内海、兵A・B・C。ベイビーさんを守るサーカス団。

内海　ええい、わからんことを言うな。象を出せ、ライオンを出せとは言っとらん。その変てこな獣一匹、供出せよと言っとるのだ。きさまら、軍部に逆らうのか。
カタ　へ。逆らいますね。
兵A・B・C　なにっ!?
カタ　少尉さん。たしかにあたしら芸人は、屑の寄せ集めでさ。お国を守るなんて、たいそうなこたあできねっす。けどね、少尉さん。
内海　なんだ。
カタ　獣一匹の命。これくらいなら、いくらはんぱもんのわっしらでも守れるんで。
内海　軍に逆らって、獣一匹を守るというのか。
カタ　へ。

内海　関東軍はそれほど甘くはないぞ。はんぱ者の愚図連中に何ができる。
玉　内海さん、やめてっ。
ボーズ　そうだ。軍刀ぶら下げてりゃそんなにえらいのか。ぶら下げてるのは軍刀だけか。キンタマないのか。
タズマ　まっ。なんてものすごいこと。
玉　ボーズ？
ボーズ　ふん？
玉　あるのよ、内海さん。キンタマ。
ボーズ　あ……。
玉　おっきいの、けっこう。
ボーズ　知るかあっ！
内海　知られてたまるかあ！　女子供はすっこんどれ。小隊、配置につけ。あの獣をとっつかまえるのだ。曲馬団の芸人なんぞに負けては、皇軍の名が泣くぞっ。
兵A・B・C　はいっ！

ここから、兵とサーカスの斗い。まず、象のハナVS兵。鼻が役に立つピエロ、ボーズは一輪車で斗う。ゾウさん、クマ、ライオンを使って斗う。李兄弟、カンフーで。カタカタさんも骨はずれながら、ババは炊事道具で斗う。

パンとピストル音。

チカラ　いい加減にしねえかい。

タズマ　芸人相手に、皇軍の兵隊さんがなんだよ。

ママ　どたどたすんだったら、あとの掃除もしてくれんだろねえ。

三人ともモーゼル銃を持っている。

内海　な……何者だ、おまえらは。

ママ　馬賊だよ。

内海　馬賊？

チカラ　天鬼将軍こと薄益三。

タズマ　ピストル名人、伊達順之助。

ママ　そしてあたしゃ、女馬賊の満州お菊だ。

チカラ　変な縁でこのサーカスにかくまってもらっていたが、獣一匹に小隊ひとつでてくるようでは、もうこの戦は終わりだ。支那人は毎日、竜を喰っているぞ。なにがトラ鍋だ。東條の野郎の頭でも煮て喰ったらどうだ。

一同　（笑う）
内海　き……きさまら。
タズマ　ほっほっほ。一歩でも動いてごらんなさい。ピストル名人伊達順之助の銃が火を吹くわよ。伊達正宗の子孫なのよ。だから、片目。でも、的くらいは見えるわ。こういうの、一目瞭然っていうのね。
一同　（笑う）
ボーズ　こ……このサーカスは……みんな馬賊なの？
タズマ　みんなってわけじゃないわよ。あぶないときにかくまってもらって。でも、そろそろ潮時よ。ピストル射ちたくって射ちたくって。
チカラ　おれもよ、熊みてえな奴と斗ってみたいよ。
ママ　馬ん乗って二丁拳銃。いいねえ。
内海　えい、黙れっ。馬賊ごときが関東軍に、たてつく気か。
チカラ　たてつくよ。
ママ　あんたたちより場数は踏んどるけん。
ママ　ねえ。
タズマ　（兵A・B・Cに）おまえら、何とかしろ。
内海　（ぶるぶるっとふるえて）
ABC　♪とんとんとんからりんと隣組

格子をあければ顔なじみ
まわしてちょうだい回覧板
知らせられたり知らせたり

歌いつつ去ってしまおうとする。

内海　こら。ふがいない奴らだ。これでも皇軍の兵士か。
カタ　サーカス相手に負けとるようじゃ、大東亜の夢もおわりだね。
内海　めったなことを言うなっ。
タズマ　ましてや上官が、トラ鍋喰いたいとか言いだすようじゃね。
内海　なぜそんなことを知っている。軍事機密だぞ。
ママ　グンジキミツも何も、あんたが玉ちゃんとねてでさ、寝言で言ったんじゃないか。
内海　しまった。不覚だった。
ママ　なにが不覚さ。
一同　（笑う）
タズマ　よし、少尉さんに今日は大マジックのプレゼントだ。

ついたてを使って消失マジック。

タズマ　さて、お立ち合い。タネもしかけもござんせん、この大箱。この中にお望みのベイビーさんをば入れまして。はい、一、二、三。

ドラム鳴る。ぱっ！

ベイビーさん、消えている。

タズマ　あら、いやあっ。どこいっちゃったのお。
カタ　おおかた、天竺あたりでもいったっぺや。ベイビーさんはな、硝煙の匂いが大嫌いなんだ。
ママ　いないものをどうこうすることできないよねえ。そういうことで、逃げちゃったってことで勘弁してくださいよ。ね、少尉さん。
内海　上官どのの命令はおそれおおくも天皇陛下の命令である。民間人の浅知恵に付き合うわけにはいかん。
ボーズ　どっちが浅知恵だよ。
内海　ふ。しょせんは子供だましの曲馬団だな。客の目はごまかせても、関東軍の軍人にまやかしは通じん。獣は、そこだっ。

ピストル音。少尉、大箱の下部をねらい射つ。ころがり出てくるベイビーさん。床の上で苦しむ。

ボーズ　なにすんだよ。

走り寄る。

ドードーさん、走り込んでくる。

ドードー　ゆよ～ん、ゆよ～ん。

玉　少尉さんのばかっ。

内海　ああ、ばかだ。

ゆっくりとベイビーさんの方へ寄っていく。

内海　軍人なんてものはな、ばかでもないとやっとれんよ。

ボーズ　く、くるなよ。

ベイビーさんを抱きしめる。

内海　一億一心、総ばかだ。ボーズ、どけっ。

ボーズを蹴りとばす。銃をかまえて。

内海　なんでおまえはこんな時代に生まれてきたっ。

ピストル音。一発、二発、三発、四発。ベイビーさんは激しくけいれんし、やがてぐったりとなる。

一同　あ……。

一同、がっくりと虚脱状態になってしまう。

内海　これでいいのだ。もう笑うことも泣くこともない。こんなご時世には、それが一番幸せだ。

音楽『何日君再来』

内海　（兵Ａ・Ｂ・Ｃに向かって）おまえたち、見届けたな。

兵Ａ・Ｂ・Ｃ　はっ。

内海　帰って大佐どのにご報告せよ。獣の肉はこの内海が後ほどお届けするとな。

兵Ａ・Ｂ・Ｃ　はっ、承知しましたっ。

兵Ａ・Ｂ・Ｃ、去る、内海それを見送り。

内海　おまえらも、よっく聞いておけ。おまえたち、いつもそうやって大笑いしておるが、今は非常時なのだ。怒りの時であって笑う時ではない。心をひきしめて銃後を守るのがおまえらのつとめだ。炭を節約し、金属を供出しろ。石油の一滴、一包の火薬が勝敗を決するのだ。この……非常時に……。

パンと空に向けてピストルを射つ。

内海　空砲なんぞを使わせるなあっ。

ベイビーさん、吠えてむっくりと起き上がる。一同大歓声。

ボーズ　少尉さん、うまくいったね。
内海　脂汗が出たぞ。
玉　けっこう芝居うまいじゃない。サーカスにはいれるよ。
ゾウ　大佐どのには、そうさな。ライオンのエサの腐った肉でも届けるかね。
一同　（笑う）
内海　しかしな、おまえたち。今日はこれですんだものの、このままではおさまらんぞ。時局はひっ迫している。日本では動物園の動物たちを薬殺しているというぞ。
玉　ひどい。
内海　旅順港に船を手配しておいた。南米行きの客船だ。おまえたち、それに乗って満州から逃げろ。
一同　（笑う）
内海　何がおかしい。
ドードー　お気持ちはうれしいがね、少尉。
ボーズ　あ。ドードーさんて、口がきけるんだ。
ドードー　私たちには船も飛行機もいらないのさ。
内海　なぜだ。
ママ　私たちはどこへでも行けるんですよ。
カタ　大天幕をば気球にし

一同　海を渡り

うしろで気球がふくらんでくる。

ゾウ　千里の道は
一同　馬で走り
ピエロ　熱砂の砂漠は
一同　ラクダにのって
タズマ　高い峠は
一同　象で越え

気球を背に、サーカス一同逆光のシルエットになって輝く。不思議な絵。

内海　あ……あ。
ママ　ね。私たちは、どこへだって行けるんですよ。だって、そこはほれ、あたしたちゃ、
ドードー　サーカスなんだからね。

ベイビーさん吠える。

一同　（笑う）

ドードー　どうだい。あんたもいっしょにこないかい。

内海　あ……ああ。

玉　ね、少尉さん、行こうよ。

内海　しかし……行くってどこへ行くんだ。

ドードー　そうだねえ。おい、ボーズ、おまえどこへ行ってみたい。

ボーズ　う〜ん。

ドードー　コロンビアか、アイスランドか。

ボーズ　う〜ん。

ドードー　南太平洋か、北極か。

ボーズ　（きっぱりと）戦争のない国なら、どこへでも。

ドードー　はは。そりゃいいや。

一同　（大笑い）

ベイビーさん吠える。内海、玉ちゃん、抱き合う。

シーナ&ロケッツ『ベイビーベイビー』

スライド
作
演出
キャスト
スタッフ

李香蘭『郊外情歌』

全員、一輪車でちくわ投げ。

あとがき

作家・中島らもが逝去してはや七年。遺した小説やエッセイは今も様々な形で親しまれ続けています。関西小劇場ブームまっただなかの一九八六年に「笑殺軍団リリパット・アーミー」を立ち上げ、看板役者・座付作家としても活動していた中島の舞台作品は再演も多く、山内圭哉氏の手によって今年再演された『桃天紅』も、新旧問わず多くのファンのかたに喜んでいただきました。

今回、幸運にも台本の書籍化という形で陽の目を見ることになった『こどもの一生』『ベイビーさん』は、中島らも舞台作品の代表作でもあります。この二作が持ち合わせている黒くゆがんだ笑いとドラマ性を、文を通して感じていただければ幸いです。

最後に、この本の出版を企画・編集してくださった論創社の高橋宏幸さん、編集と校正にご協力いただいた小堀純さん、台本資料をご提供いただいた玉造小劇店様に、心からの御礼を申し上げます。

二〇一一年九月吉日

株式会社　中島らも事務所

初演記録

こどもの一生

初演・売名行為第９回公演（作＝中島らも、演出＝Ｇ２）

1990 年７月６日〜７月９日／大阪・近鉄アート館

７月 16 日〜７月 18 日／東京・シアタートップス

ベイビーさん〜あるいは笑う曲馬団について

初演・笑殺軍団リリパット・アーミー　プロデュース第８回公演

（作＝中島らも、演出＝わかぎえふ）

1992 年３月 29 日〜４月５日／伊丹・アイホール

４月８日〜 12 日／東京・青山円形劇場

著者

中島らも（なかじま・らも）

1952年、兵庫県生まれ。作家、ミュージシャン。作家として『今夜、すべてのバーで』で第13回吉川英治文学新人賞受賞。『ガダラの豚』で第47回日本推理作家協会賞長編賞受賞。執筆のかたわら、バンドでのライブや舞台の活動も精力的に行い、1986年には劇団「笑殺軍団リリパット・アーミー」を立ち上げ、公演を行った。2004年7月26日、階段からの転落事故による脳挫傷、外傷性脳内血腫のため死去。享年52歳。

こどもの一生／ベイビーさん——中島らも戯曲選Ⅰ

2011年　10月30日　初版第1刷印刷
2011年　11月10日　初版第1刷発行

著　者　　中島らも
編　集　　高橋宏幸
発行者　　森下紀夫
発行所　　論 創 社
東京都千代田区神田神保町2-23　北井ビル
電話03（3264）5254　振替口座00160-1-155266
組版　エニカイタスタヂオ　印刷・製本　中央精版印刷
ISBN978-4-8460-0976-2